CATTIVE

La citazione a pag. 103 è tratta da Stephen King, *It*, Sperling & Kupfer, Milano 1987, trad. it. di T. Dobner; la citazione a pag. 143 è tratta da Stephen King, *Stagioni diverse*, Sperling & Kupfer, Milano 1987, trad. it. di B. Amato, P. Formenti e M. Piccioli.

ISBN 978-88-6656-197-2

www.edizioniel.com

Lorenza Bernardi

CATTIVE

Einaudi Ragazzi

I veri amici, quelli che possono dire di conoscerci davvero,
sono quelli che abbiamo incontrato da piccoli...

Prologo

Questa è la storia di un'amicizia, di quelle vere, vive, potenti.
Forti come un amore, eterne come un ritorno
e fragili come solo le amicizie fra tredicenni sanno essere.
Questa è la storia di Francesca e Lavinia.

FRANCESCA

Quando esco dal negozio, quello del centro proprio di fronte al castello, sono presa da una strana euforia.
Adoro fare regali, soprattutto se si tratta di Lavinia, la mia migliore amica, anche se questa parola non rende quello che lei è per me.
Lavinia è il mio mondo. Ma non credo che se ne sia ancora accorta.
Per questo ho deciso di farle un regalo prima che parta per le vacanze estive: voglio che abbia qualcosa di mio anche quando non sarò fisicamente vicino a lei. Tre mesi sono lunghi da trascorrere separate.
Ho deciso di prenderle un buff. È una di quelle fasce colorate che usano le atlete vere quando corrono: di solito se la infilano sul collo per tenerlo al caldo quando è inverno; d'estate, invece, è fantastica per fermare i capelli sulla testa con un certo stile.

E Lavinia, di stile, ne ha da vendere.
Ma ha pure una fastidiosissima non-piú frangetta che sta crescendo e che le ricade dritta sugli occhi, come chiodi. Troppo rischioso per una che deve avere lo sguardo sgombro e attento mentre corre veloce su pista: ha un record di 8" 40 sui sessanta metri piani. Praticamente vola.
Anch'io volo, ma un po' per davvero, perché la magia del salto in lungo è questa: quando stacco il piede e schizzo in aria inarcando la schiena, mi sembra quasi di non atterrare mai sulla sabbia. È una faccenda tra me e il cielo.
Sorrido, e intanto guardo il sacchetto con dentro il regalo per Lavinia. Sí, ho fatto bene a scegliere quella fantasia rosa per la fascia: sui suoi capelli biondi starà benissimo. Su di me per esempio, che sono castana, non farebbe certo quell'effetto luminoso.
Sto pensando a quando le darò il regalo. Prima o dopo l'allenamento di oggi pomeriggio? Magari prima, cosí può correre con il buff addosso.
Chissà che faccia farà quando lo scarterà, mi dico, ma poi sento un rumore di skate che scende dal marciapiede, proprio vicino a me.
– Francesca Desiati alla lavagna!
Mi volto di scatto e vedo Enea, con un sorriso da presa in giro. Enea è in classe con me e Lavinia, qualche banco dietro di noi. Per la sua età, tredici anni, è ancora piccolo, tanto che un sacco di ragazzi a scuola lo prendono in giro. Ma lui sopperisce alla mancanza di centimetri in altezza con la potenza delle gambe: è un velocista nato. Infatti fa atletica con noi.

Enea dà un calcio sull'estremità dello skate e lo richiama a sé, come fosse un cane che gli salta in braccio.
– Coppi, sgomma via, – rispondo io con un sorriso. – Altrimenti chiamo Argentesi.
Penso di aver fatto una battuta, in realtà Enea sbianca. Solo in quel momento realizzo che Cesare Argentesi è e rimarrà sempre il suo incubo. Ci sono persone che ti segnano per l'eternità. Argentesi è una di queste.
Frequenta ripetutamente la terza C, nel senso che è già da due anni che viene bocciato, ed è talmente grosso che potrebbe intimidire un intero branco di pitbull sbavanti. Ma Cesare ce l'ha solo con Enea e vive per rendergli la vita difficile. Come se fosse una missione. È lui che gli ha affibbiato il nomignolo «nano di merda». Prima era l'unico a chiamarlo cosí. Poi, come capita spesso con le offese, che sono le prime a diventare di moda, anche altri hanno adottato il nuovo nome per schernirlo.
– L'hai per caso visto passare? – mi chiede Enea d'un fiato, le labbra tese a fessura.
– Ma no, tranquillo, – cerco di rassicurarlo. – Lo dicevo solo per scherzare.
– Be', scusa se non rido, eh, – protesta lui. – La settimana scorsa voleva infilarmi un petardo nelle mutande. Giuro. E l'avrebbe fatto davvero se io non corressi piú veloce di lui.
Mi avvicino e gli do una pacca sulla spalla, e in quel momento, con la sua testa vicina, realizzo davvero quanto sia piccolo di statura. – Be', allora è meglio che continui ad allenarti per non rischiare che Cesare ti faccia saltare in aria i gioielli.

E indico un punto in mezzo ai suoi bermuda.
Ridiamo tutti e due, ma lui arrossisce anche un po'.
– Vieni oggi al campo? – chiedo.
– Positivo, – risponde. – Ci vediamo tra centoventi primi.
Poi mi fa l'occhiolino e io alzo gli occhi al cielo. Lo sa benissimo che non sopporto che mi parli come fa suo padre.
– Ti ammazzerei.
– Lo so, – sorride perfido lui.
Enea è figlio di un militare. Non si sa che lavoro faccia di preciso, fatto sta che ogni tanto parte e sta via per qualche mese. Il buffo è che Enea, invece, è la persona piú pacifica del mondo e vive questo legame con un certo disagio.
Enea lancia il suo skate sul marciapiede, prende la rincorsa e ci salta sopra. – A dopo, Fra!
E sfreccia via.
Mi piace Enea. È uno fuori dal coro, un po' come Lavinia e me. Solo che lui, forse, è fuori suo malgrado. Noi, per scelta.

Arrivo a casa e trovo Giuliana, mia mamma, alle prese con il forno. In casa c'è una temperatura assurda, molto piú alta di quella esterna, già di per sé torrida. Sembra che potremmo squagliarci da un momento all'altro.
– Torta caprese? – le chiedo.
– *Torte*, semmai, – risponde lei, e intanto apre il forno ed estrae la leccarda.
La brusca vampata di calore la fa voltare di scatto per proteggersi il viso. Le presine che sta usando devono essere troppo sottili, perché la vedo trasportare la teglia con aria sofferente e mollarla malamente nel secchiaio.

– Accidenti! – mugugna, portandosi le mani alla bocca.
Ci soffia sopra.
– Mettile sotto l'acqua fredda, – le dico.
Ma lei continua testarda a soffiare.
– Non potresti fare una pausa con queste torte? Un bel semifreddo no?
– Ho provato a proporre un tiramisú, ma dicono che la caprese rimane la torta piú gettonata. È il dolce piú richiesto del menu.
Mia mamma, un'ex impiegata che si è licenziata dopo che sono nata io, ha sempre fatto la mamma e basta, a me e a Lucia, mia sorella di quindici anni. Adesso però che c'è la crisi e pure noi fatichiamo a far quadrare i conti nonostante il buon stipendio di papà, ha deciso di sfruttare il suo talento in cucina e si è inventata questa cosa delle torte per un noto ristorante della città. Solo che infornare con il caldo la innervosisce.
– Metti un po' di olio sulla scottatura, – le dico, indicando il dito.
Lei sbotta e risponde secca: – Non ho tempo, devo finire queste dannate torte.
Appunto.
È nervosa.
Mi dileguo alla velocità della luce, sicura che qualsiasi cosa io dica non andrà comunque bene. Non ho voglia di litigare con lei, mi sento felice e serena: la scuola ormai è agli sgoccioli, oggi pomeriggio vado ad allenarmi al campo e festeggerò il compleanno della mia amica del cuore. Nulla deve intaccare questa giornata perfetta.

Salgo in camera e incrocio Lucia. È tutta agghindata e ha la borsa a tracolla.
– Esci? – le chiedo.
– Di filato, – dice lei. – Voglio stare al polo opposto di dove si trova mamma. Oggi butta male, hai notato?
– S'è pure scottata, – annuncio e faccio un gesto ammiccante con le sopracciglia, come a dire: «Questa è grossa».
Lucia capisce al volo. – Per amor del cielo, io scompaio. Ciao, sgorbio.
Sgorbio, mi chiama. Un nomignolo che vorrebbe avere dell'affettuoso, da sorella maggiore; ma nasconde anche ciò che pensa davvero di me, ovvero che sono una nerd, un maschiaccio che non sa valorizzarsi.
Ma non è vero, è che io punto ad altro per piacere agli altri, e chi mi conosce davvero lo capisce. Ma non pretendo che Lucia lo capisca, perché io penso in realtà che sia un po' limitata. È come se io e lei fossimo due rette destinate a non incontrarsi mai. Lucia odia tutto ciò che è fatica, sudore e che possa intaccare la sua piega piastrata ai capelli. Io faccio sport, quindi devo avere qualche disturbo, secondo la sua logica.
Ci vogliamo bene, certo, siamo pur sempre sorelle; ma ci capiamo a stento, usiamo vocabolari diversi, stranieri. Ognuna di noi è l'Altra. Per questo Lavinia è entrata cosí inaspettata e fresca nella mia vita.
Guardo mia sorella sgambettare per il corridoio, mentre lascia dietro di sé una scia di profumo dolciastro, l'ultimo che ha comprato, quella specie di caramella vaporizzata. Intanto agita la mano per salutarmi: i braccialetti che ha al polso tintinnano impertinenti.

Io allora entro in camera e scrivo un messaggio a Lavinia sulla chat del telefono. È un'ora e mezza che non ci sentiamo: decisamente troppo per i nostri standard.
Pronta per fare la sauna al campo?, scrivo, e aggiungo una faccina che gronda sudore.
Dopo un secondo lei compare online. Risponde subito con una faccina che ride con le lacrime, seguita dall'immagine di un orologio le cui lancette girano impazzite. *Sí, pronta. Ma prima devo portare Byron dall'addestratore.* Segue faccina imbronciata.
Byron è il jack russell di Lavinia.
Addestratore?! Questa mi mancava.
Già! Sta seguendo delle lezioni di... aspetta... hanno un nome strano... ecco, sí, di attivazione mentale.
Io rispondo con dieci faccine che si sbellicano dalle risate: *EH?!*
Sono degli esercizi per fargli migliorare la concentrazione, risponde lei.
Ah. Capito. Quindi dovrebbe farli anche la Lombardi, rispondo io.
Tutte e due mettiamo ripetutamente le faccine che ridono.
La Lombardi è una nostra compagna di classe non molto sveglia.
Rimaniamo per un po' online senza scriverci nulla, poi io non ce la faccio piú e le dico tutto: *Ti ho appena preso il regalo di compleanno* e faccio seguire l'immagine di un cuore avvolto da un fiocco.
Che scema che sono, non riesco a tenermi nulla. Poco ci manca che spiattello pure cosa le ho regalato.

Lavinia però mi conosce, sa come sono fatta e, semplicemente, mi risponde con una faccina con i cuoricini al posto degli occhi. E io mi sento proprio cosí, con lei: amata. E compresa.
A dopo, festeggiata!, concludo.
Pollice alzato suo e chiudiamo la conversazione.
Mi porto avanti e preparo già lo zaino per atletica: pantaloncini attillati neri, canottiera tecnica, calzine corte, doppie scarpe (con e senza chiodi), tutto l'occorrente per la doccia. Poi, per ultimo, infilo il sacchetto con il regalo, cosí non si stropiccia.
Manca ancora un'ora prima di uscire. Un'ora è un sacco di tempo. Compiti non ne ho, ormai non ce ne danno piú a due giorni dalla fine della scuola. Sento la mamma spignattare giú in cucina, probabilmente sta infornando l'ennesima torta. Meglio starle ancora alla larga e rimanere barricata in camera. Mi guardo attorno alla ricerca di qualcosa, uno spunto, un'idea. È allora che l'occhio mi cade sul libro *Ho un castello nel cuore* di Dodie Smith.
Lo apro, inizio a leggere e ben presto mi dimentico chi sono.

Ma a quanto pare dimentico anche l'orologio, e improvvisamente sono costretta a fiondarmi in garage, inforcare la bici e sgommare al campo di atletica. Per fare prima, però, mi vesto già sportiva, cosí, una volta arrivata in pista, sono già pronta per correre.
Sfreccio per le strade della città e, anche se ho fretta, ammetto che me la sto godendo. L'aria del tardo pomeriggio si è un po' rinfrescata e, guardandomi attorno, mi sembra di vedere solo persone allegre. Come se passassi l'umanità al setaccio.

Non so, magari sono io che, felice, proietto il mio umore fuori e lo appiccico agli altri, come le etichette del supermercato. Fatto sta che è impossibile per me non sorridere e gli altri, incrociandomi, mi restituiscono il sorriso.
Sembra quasi che tutto l'ingranaggio umano sia oliato alla perfezione, nessuna sbavatura. Anche il sole che fa capolino da una fila di casette del centro storico ci mette del suo.
A un certo punto però questa cartolina di sole-cielo-azzurro-e-tanti-sorrisi ha una specie di strappo, che però vedo solo io.
È una sensazione strana, come un flash.
Solo un attimo dopo, mi accorgo che ho intravisto qualcuno.
Qualcuno che non mi è amico.
È Martina Francavilla, la capetta della nostra classe. È lí con il suo gruppo di prescelte, sempre della nostra classe: Giulia, Elisa, Stefania, Valentina, Carolina. Ridacchiano sceme, additandomi da lontano. Probabilmente il mio abbigliamento le ha fatte diventare ancora piú sceme. Poverette.
Tra loro e me c'è sempre stato un abisso di incomprensione, dal momento in cui ci incontrammo in prima media. La ricordo ancora quell'apertura di anno scolastico, l'inizio della mia vita in quella scuola. Martina mi aveva subito preso in antipatia perché, a differenza sua e delle altre, un gruppo già collaudato che si conosceva dalle elementari, mi ero presentata in jeans e scarpe da ginnastica, senza una particolare cura nell'abbigliamento, mentre loro sfoggiavano camicetta, gonna e ballerine.
Io ho sempre odiato le gonne. Per non parlare delle ballerine: non fai in tempo a fare due passi di corsa, che subito ti partono come ciabatte.

Comunque, il loro odio era esploso durante l'intervallo, quando mi ero messa a tirare due calci al pallone con i maschi. Apriti cielo!
A me era sembrato naturale stare tutti assieme e, a dire la verità, mi piaceva un sacco giocare a calcio, anche se è uno sport che non seguo in televisione. A me il calcio piace giocarlo. Punto. Tutta quella storia delle squadre del cuore, quella specie di fede che poi ti fa detestare i tifosi delle altre squadre... be', non l'ho mai capita. Per questo la palla mi piace calciarla e lascio le chiacchiere agli altri.
Vedendomi rincorrere il pallone in giardino, Martina mi aveva schernita come se mi fossi accucciata a fare pipí davanti a tutti. Era stato allora che era corsa in mio aiuto Lavinia. L'avevo già notata, provando una naturale simpatia per il suo viso allegro. Lavinia mi aveva messo una mano sulla spalla e mi aveva portato via. Poi, anche se indossava la gonna, si era tolta le ballerine e si era lanciata dietro al pallone, urlando:
– Dribbbbbbling!!
Si era voltata verso di me, i capelli lunghi e biondi che in un attimo si erano liberati del cerchietto, scompigliati e selvaggi, e mi aveva sorriso mostrando tutti i denti, felice.
«Chi ride mostrando i denti è una persona sincera» diceva sempre mia nonna Lia. E in quel momento Lavinia mi era parsa l'amica migliore che potesse capitarmi.
Da allora lei e io siamo state inseparabili come se fossimo attaccate con il bostik, e assieme abbiamo fatto fronte comune contro Martina Francavilla & *the Chicks* (come chiamiamo noi le sue seguaci, galline).
Arrivo al campo di atletica e ci piazzo una bella sgommata

con la ruota posteriore della bici. Rimango in equilibrio e godo al rumore dello pneumatico sulla ghiaia all'ingresso del cancello.

– Sei sempre la solita!

Mi volto e vedo lei, Lavinia.

– E tu sei solo invidiosa, – la prendo in giro, – perché tu queste cose non le sai fare –. Scendo dalla bici e le passo accanto, con un'espressione trionfante. E lei mi dà una spallatina.

– Come sono andati gli esercizi di Byron? – chiedo.

– Quel cane è un mito, – risponde. – Ha già imparato a sedersi su un fianco quando alzo il dito.

– Non ci posso credere, – dico, sinceramente sorpresa. – Promettimi che gli insegnerai anche a fare il morto dopo aver detto: *Bang!*

Scoppiamo a ridere.

– Promesso.

– Tieni, questo è tuo, – dico, aprendo lo zaino e porgendo il regalo a Lavinia. – Buon compleanno!

Lei mi abbraccia di slancio e mi stampa pure un bacio sulla guancia. – Che cos'è? – chiede con una vocetta infantile.

Lavinia è così: i regali la fanno regredire all'età di quattro anni. Per questo adoro farglieli. – Su, apri!

Lei non si limita a scartare il pacchetto: lo dilania. Esattamente come una bambina che compie quattro anni.

Dopo un attimo la carta giace a terra e Lavinia boccheggia di fronte al suo nuovo buff rosa.

– Ti piace? – le chiedo, cercando di interpretare la sua espressione.

– Se mi piace?! Franci, ma è... MERAVIGLIOSO!! – Mi ab-

braccia, in un modo che sembra piú una stretta da pitone.
– Sei l'amica piú amica del mondo!
Si infila il buff al collo e subito lo posiziona sulla testa, fermando la frangetta dispettosa, proprio come avevo immaginato. La rimiro.
– Come sto? – mi chiede.
– Benissimo!
– Ah, allora era questo il regalo che le hai preso! – dice una voce dietro di noi.
Ci voltiamo e c'è Enea, anche lui in bicicletta.
– Auguri, Lavi, – le dice. E si avvicina per darle due baci sulle guance.
Prima però si accerta che non ci sia nessun maschio dai tredici anni in su nelle vicinanze. Un testimone oculare di quel gesto da femmine.
– Grazie, scricciolo, – risponde lei, tuffandogli una mano tra i capelli.
Enea si ritrae. – Dài, mi spettini...
– Niente skate? – chiedo.
– Avevo voglia di pedalare duro, – risponde lui. – Poi, quando esco dal campo, c'è sempre Argentesi che bazzica in giro. Con la bici vado piú in fretta.
Io alzo gli occhi al cielo. – Enea, dovresti affrontare quell'energumeno una volta per tutte. Non è possibile vivere sempre nel terrore.
– Se fossi alta solo un metro e quaranta, capiresti che invece è possibile, – risponde Enea. E poi aggiunge: – E comunque tu sei una femmina.
– E allora?

– Allora la vita per noi maschi può essere un incubo, – risponde lapidario.
Lavinia non ci sta: è il suo compleanno, e noi non stiamo parlando di niente che la riguardi. Quindi sbuffa, come tutte le volte che non è al centro dell'attenzione. – Oh, adesso basta, però.
Enea e io ci zittiamo, scambiandoci un'occhiata divertita.
– Piuttosto, che ne dite di entrare al campo? – dice Lavinia.
– Altrimenti Fabio interrompe la mia vita di tredicenne.
Fabio, l'allenatore, odia i ritardatari. Mentre facciamo il nostro ingresso, lo vediamo aspettarci vicino alle tribune.
Stiamo galoppando verso di lui, quando mi sento strattonare all'improvviso da Lavinia.
– Oddioooooo!! – urla, e intanto affonda la faccia dietro la mia spalla.
– Ma che hai?! – grido io.
Anche Enea si è voltato di scatto. – Oh, ma stai male?
– Là! – si limita a rispondere Lavinia in un sussurro. Il suo dito indica un punto non precisato del campo, ma lei continua a tenere la faccia spiaccicata dietro la mia spalla, gli occhi bassi.
Guardo dove indica e ben presto «là» diventa «lui»: Lorenzo.
– Oddio, che bello che è, – bofonchia Lavinia. E con occhio furtivo cerca impaziente lui, Lorenzo, sedici anni, sguardo gentile e fisico statuario forgiato da corse e salti.
Lorenzo sta giusto venendo verso di noi.
– E ora che dico? – sussurra Lavinia, mentre mi affonda le dita nel braccio.
– Che ne dici di un «ciao»? – propongo sottovoce.

– Ciao, – dice Lorenzo, anticipando tutti. – Ho saputo che è il tuo compleanno.
Lavinia alza finalmente il viso e fa un sorriso impacciato. – Eh, già.
– Auguri, – dice Lorenzo, e si avvicina per darle due baci.
Lavinia riemerge da dietro la mia schiena con il buff di traverso sulla faccia. Sembra un pirata scarruffato con la benda rosa.
Alla sua vista, a Enea scappa da ridere e fa una pernacchia col naso, ma io lo zittisco con un pestone (fortuna per lui che non ho ancora indossato le scarpe chiodate). Intanto Lavinia cerca di aggiustarsi i capelli e, nello stesso tempo, di fare un discorso di senso compiuto.
Il discorso è questo: – Grazie.
Rimaniamo tutti lí impalati e annusiamo l'imbarazzo di Lavinia. Per fortuna viene a salvarci Fabio, il nostro allenatore.
– Oh, iniziate a scaldarvi, sí o no? Se non disturbo troppo, eh.
– Dài, Fabio, siamo a giugno! – implora Enea. – A cosa serve *scaldarci* con questo caldo?!
– Quando farai dieci volte i quattrocento metri capirai il perché, – risponde lui.
– Dieci volte?! – si lamenta Enea. Ma, obbediente, si porta già sulla pista per iniziare a correre.
E noi lo seguiamo.
– Ho fatto una figura di emme, – sbuffa Lavinia, aggiustandosi di nuovo il buff in testa. – Scena muta e tutta spettinata. Fantastico.
Con la coda dell'occhio guarda Lorenzo che sta iniziando gli esercizi di potenziamento sui gradoni delle tribune.

– Ma no, – la rincuoro. – E comunque non pensarci: a Lorenzo devi piacere per come sei, mica se hai l'acconciatura a posto.
– Dici?
– Ovvio. Se è un tipo intelligente non l'avrà neppure notato.
Le parlo come le parlerebbe mia madre, perché ormai ho scoperto il trucco: è sempre meglio sottolineare l'intelligenza di una persona piuttosto che il lato estetico.
Funziona. Lei annuisce sollevata e io sorrido. Lo so bene che nei momenti di scoraggiamento basta un'unica parola giusta. Mi piace offrirgliela io, a Lavinia, quella parola lí.
– Non sai quanto mi scoccia non venire allo stage di atletica, a luglio, – sospira. – Mi rode un sacco.
– Dispiace tanto anche a me, – le dico, mettendole un braccio sulle spalle.
Ancora una volta buttiamo un occhio verso Lorenzo e i suoi muscoli.
– Ma come ti ho già promesso, farò in modo che in quella settimana tu non ti senta abbandonata. D'accordo? – la rincuoro.
– Okay.
La guardo mentre la sua espressione si rasserena, e in quel momento ho la certezza che lei e io rimarremo amiche per sempre.

Fabio ci fa sgambare davvero, senza sconti. Che sia ottobre, all'inizio della nuova stagione, gennaio, con un freddo glaciale, aprile, nel bel mezzo delle gare, o giugno, quando siamo tutti stanchi, a lui non importa: si lavora sempre al massimo. È la regola. Certo, c'è anche il tempo per scam-

biare quattro chiacchiere e divertirci, ma i ritmi sono serrati.
Obiettivamente non so come lui riesca a essere sempre cosí vario nelle proposte, perché non ripetiamo mai allenamenti simili. Ma c'è di piú: Fabio riesce a gestire quattro tipi di allenamento alla volta, su quattro zone diverse del campo e con quattro cronometri diversi da schiacciare. Mezzo occhio sulla pedana del lungo, mezzo sulla partenza dei sessanta, un altro mezzo sui cento ostacoli e l'ultimo sui trecento. È l'uomo piú frazionabile che conosca.
O forse è cosí che si diventa grandi allenatori: con una visione globale, tipo sguardo delle mosche.
Dopo la doccia, Lavinia e io saliamo sulle nostre bici, pronte per andare a mangiare da lei e festeggiare il compleanno. Aspettiamo Enea per fare la strada di ritorno assieme.
– Io vado dall'altra parte, – ci avverte lui. – Sono a cena da Gabriele.
Cosí ci diamo appuntamento per l'indomani, ultimo giorno di scuola. Non ci pare vero, fa effetto solo a pensarlo.
Pedaliamo per un po' in silenzio, godendoci il sole del tramonto e l'aria piú fresca.
– Prima, mentre venivo al campo, ho visto Martina e le altre, – dico. Non che sia una notizia degna di nota, ma di solito Lavinia e io ci raccontiamo tutto. Sembriamo una coppia di fidanzati.
– Le *Chicks*? – chiede lei.
Annuisco. – Credo che mi abbiano preso in giro da lontano perché indossavo i pantaloncini da atletica.
– Sfigatone, – commenta lei, scuotendo la testa.

– Gli sto proprio sulle scatole. È una questione chimica.
– Ho capito. Un po' quello che capita tra Enea e Argentesi.
– Sí, ma Enea rischia di prenderle, io no, – rispondo orgogliosa.
– Solo perché le ragazze non si scazzottano, – dice. – Sono sicura però che una come Martina può sfoderare altre armi contro di noi. Le femmine sono diverse.
Io scuoto la testa. – Guarda che ce l'ha piú con me che con te. Anzi, tu in fondo le vai a genio e sembra quasi stizzita che una come te sia amica di una come me.
– *Una come me*? – ride lei. – E come sarei?
Ci penso su. – Tu sei popolare, – dico infine.
Lavinia scoppia di nuovo a ridere. – Popolare, *io*?!
– Sí. Sei piú carina, di famiglia per bene. Sei in auge, insomma.
Lavinia ormai ha le lacrime, non riesco a capire se è per quello che dico di lei o per come lo dico. – Con 'sta storia che sai usare bene le parole, riesci sempre a intortarmi, Franci. Sei un mito.
Si avvicina per darmi un bacio sulla guancia, ma i nostri manubri si incrociano e rischiamo di cadere a terra. Non so come, riusciamo a rimanere in sella, ma con il cuore che schizza a mille.
Una volta riprese, Lavinia continua con il sorriso sulle labbra: – *In auge*... Ma dove l'hai presa?!
Io faccio spallucce. – Oh, ma non è mica greco antico, eh! È italiano.
– Sí, ma io non avrei mai usato un'espressione del genere. Altro che *popolare*: si vede che tu sei avanti.

Rido, e continuiamo a pedalare. Ormai siamo arrivate a casa sua.
– Se è per questo anche tu hai un talento, solo che è per i numeri.
– Oh, ma non vorrai paragonare i calcoli con lo scrivere bene!
– Sarà, ma io invidio il tuo sangue freddo di fronte a una radice quadrata. Dimmi come fai.
Lavinia fa spallucce. – È una specie di poesia pure quella. Solo che tu traduci la realtà in parole, io in numeri.
Ecco, capite perché ci vogliamo cosí bene?

Arriviamo a casa e Byron, il cane, ci viene incontro assieme alla sorellina di Lavinia, Matilde. La piccola mi abbraccia con quelle sue braccine paffute e mi stampa un bacio umido sulla guancia. Byron invece impazzisce nel vero senso della parola e si mette a girare intorno a se stesso e a saltare verso di noi.
– Calma, piccolino, calma, – gli dico, coccolandomelo tutto.
– Prova a fargli fare il morto, – mi dice Lavinia con una luce negli occhi.
Mi volto verso il cane e dico: «*Bang!*», ma lui continua a ronzare attorno alla sua stessa coda.
– Mi sa che ci devi ancora lavorare, – le dico.
– Mi sa.
Arriva anche Carla. – Allora, hai fatto piú fatica ad allenarti ora che sei una tredicenne? – chiede alla figlia, scherzando.
– *Tredicenne?!* – storce il naso Lavinia. – Preferisco teenager. E comunque sí, prima di correre ho dovuto mettere la dentiera in un bicchiere e avvitarmi l'anca destra, – aggiunge.
Carla si avvicina per darle un bacio leggero sulla fronte (non

troppo smanceroso, in fin dei conti a tredici anni cominci a vergognarti un po' dei baci dei genitori) e nota il buff rosa.
– Che bello! Ti sta un incanto!
– Vero? – sorride Lavinia, vezzosa. Mi salta al collo, preme la sua guancia contro la mia e non la stacca piú. Poi bofonchia con la bocca storta: – La Franci mi fa *fempre* regali *fuper*!
Carla mi dà una carezza sulla guancia e mi guarda dritto negli occhi. – Grazie, – mi dice. E mi riserva un sorriso di vera gratitudine, per farmi capire che è davvero felice che io sia amica di Lavinia.
Carla mi piace un sacco. E anch'io piaccio a lei.
Anzi, a volte Lavinia sottolinea che sembriamo quasi piú parenti noi due, che lei e sua madre. Ma è semplice: abbiamo la stessa passione per la lettura e le materie umanistiche. Spesso trascorriamo pomeriggi a parlare di libri, scambiandoci consigli. Lei legge un po' di tutto, come me. Per dire, ha chiamato le sue figlie in onore di due grandi classici della letteratura per ragazzi: *Matilde*, di Roald Dahl, e *L'incredibile storia di Lavinia*, di Bianca Pitzorno.
Io lo trovo delizioso e romantico.
Lavinia sopporta di malavoglia questi nostri scambi letterari, perché è gelosa. Non di Carla, ma di me, credo.
– Francesca è amica *mia*, – dice alla madre. E carica di enfasi quel possessivo alla fine della frase.
Aspettiamo che anche suo padre torni a casa, poi ceniamo tutti assieme, con Matilde che mi sta appiccicata. Matilde è troppo tenera e, quando ce l'ho di fronte, capisco quanto preferirei avere una sorellina piú piccola invece di Lucia, tutta frizzi e lazzi.

Lavinia non la pensa cosí. Dice che sono fortunatissima ad avere una sorella maggiore: le piú piccole sono solo delle rompiscatole, vere e proprie pesti, e in caso di litigio sono sempre assolte dai genitori. – Non sai quante volte mi sento dire: «Lavinia, dài, lei è piccola!», – sbuffa.

– E tu non litigarci, – le dico. – Assecondala.

Al che Lavinia mi squadra come se le avessi ordinato di correre per tre chilometri in cinque minuti. – Tu non puoi capire il livello di petulanza che riesce a raggiungere!

Sarà. Fatto sta che Matilde mi adora solo perché l'assecondo e le do retta.

È semplice, in fondo.

La cena è da compleanno vero, con tanto di torta e gorgheggio di «tanti auguri a teee». Mentre io scatto foto con il cellulare, Lavinia sgrana gli occhi e mi fa giurare di non farle vedere a nessuno. Io intanto le archivio e rispondo evasiva: – Sí sí... Vedremo se ti comporti bene –. E scoppio a ridere.

– Odiosa! – dice lei e replica con una linguaccia all'ennesimo scatto.

Alle nove mi preparo per andarmene, mentre Matilde mi implora di rimanere a dormire da loro.

Io le scompiglio la frangetta. – Un'altra volta, cucciola. Ci saranno ancora tante occasioni –. Poi abbraccio forte Lavinia. – Auguri ancora, amica.

Le teste appoggiate l'una sulla spalla dell'altra, ci sfreghiamo la schiena a vicenda e poi, vicino all'orecchio, mi sento sussurrare: «Grazie».

– A domani! – le dico.

– Ciao.

Esco da casa Lupi e, ancora una volta, la mia vita sembra un ingranaggio perfetto, oliato, armonico. Una scatola di latta con tutti i tuoi tesori di bambina, di quelle che quando le apri ti senti felice per il semplice fatto di ritrovare cose preziose. E non ti serve altro per affrontare la vita, sei a posto cosí.
A posto un corno.
Perché in quel momento vedo un'altra bicicletta che sta venendo verso di me e riconosco subito la pedalata. È Enea, solo che sta un po' chino sul manubrio, quindi non vedo bene la sua faccia.
– Enea? – dico, accostandomi al marciapiedi.
Lui alza la testa: ha gli occhi gonfi, pieni di lacrime.
– Ma che ti è successo? – chiedo.
Abbandono la bici a terra e gli vado incontro, pronta ad abbracciarlo. Ma Enea è in preda a un pianto misto a rabbia e frustrazione, e non vuole che lo tocchi.
Mi scansa le mani.
Rimaniamo cosí per un po', io lí vicino, lui fermo, ancora in sella, le mani strette sul manubrio, le nocche bianche, la testa ciondoloni e le lacrime che cadono a terra e bagnano l'asfalto. I singhiozzi silenziosi gli scuotono le spalle a intermittenza, e solo quando vedo che hanno intervalli un po' piú lunghi parlo di nuovo.
– È stato Argentesi? – chiedo.
Alza la testa, gli occhi ancora acquosi. Fa un impercettibile movimento.
– Ti ha picchiato? – chiedo.
Fa segno di no e si passa il braccio nudo sul naso.

– Lui... – tenta di rispondere, ma sente che un singhiozzo sta per esplodere di nuovo. Cosí deglutisce, prende un bel respiro e si calma. – Lui è furbo, – dice infine. – Non lascia segni addosso.
Lo guardo e non capisco. – Quindi?
Indica verso il basso con il mento e solo allora mi accorgo che è scalzo.
– Ti ha rubato le scarpe?!
– Non solo. Pure il cellulare.
Me lo immagino proprio quel bestione di Argentesi che fa tenere Enea dagli altri suoi compari e gli ruba tutto.
Argentesi il Gladiatore, come lo chiamano.
– Che stronzo, – esclamo.
Enea si morde un labbro. – Mio padre mi ammazza se lo viene a sapere.
– Ma scusa, digli che è stato Argentesi! – Quasi urlo, perché mi sembra cosí ovvio.
Ma Enea mi fa capire che ciò che è ovvio per me, non lo è necessariamente per qualcun altro. – Se gli dico che mi sono fatto fregare senza neppure provare a fermarlo, mi ammazza con gli interessi, – risponde. – Quindi meglio dire che l'ho perso io, il telefonino.
Ora capisco quelle lacrime di rabbia e frustrazione. Io probabilmente avrei reagito in modo peggiore.
Lo guardo cacciarsi le mani nelle tasche vuote e non so piú che dire.
– Ti chiedo una cosa, – aggiunge, prima di rimettersi in sella, i piedi nudi sui pedali.
In quel momento mi fa talmente pena, con il suo metro e

quaranta di tristezza pura, che potrei promettergli qualsiasi cosa. – Certo.
– Non dire a nessuno di questa faccenda.
Vorrei cercare di farlo ragionare, dirgli che sarebbe meglio parlarne con qualcuno, se non con suo padre, almeno con un adulto, qualcuno che possa fare qualcosa, magari un insegnante. Ma sono certa che qualsiasi proposta verrebbe bocciata e liquidata come irrealizzabile. Enea ora vede tutto nero. E un po' lo capisco.
– Va bene. Te lo prometto.
Pare subito piú sollevato. – Grazie.
– E con tuo padre? Cosa gli dirai?
– Non so. Una cosa alla volta. Ciao.
Si avvia a fatica, stanco. Ben presto il buio lo inghiotte.
Me ne torno a casa e vado subito a letto, ma il pensiero di Enea mi fa ancora un bel po' di giri nella testa. Penso che non sia giusto sentirsi cosí, vivere ogni giorno con l'ansia. Gente come Argentesi dovrebbe essere presa e... e cosa? È gente contenta di mettere paura agli altri, di mostrare la propria forza. È gente con cui non puoi parlare, abituata a ragionare secondo la legge del piú forte: se tu reagisci a uno schiaffo, ti sferra un pugno. O magari cinque, per non sbagliare.

L'indomani, quando mi sveglio, scopro che la notte ha fatto il suo dovere e le preoccupazioni si sono diluite nei sogni, intrappolate tra cuscino e lenzuolo.
Oggi è l'ultimo giorno di scuola, è impossibile non essere positivi. Sono certa che anche Enea sta pensando la stessa cosa e che la brutta faccenda del cellulare troverà una soluzione.

Prima o poi. Tutto trova una soluzione, perché ce n'è sempre una, no?
Quando arrivo a scuola c'è già Enea seduto sul muretto, le cuffie nelle orecchie, separato dal mondo. Gli tocco un ginocchio e lui si accorge di me.
– Com'è andata? – chiedo.
– È andata –. Scende dal muretto e capisco che non ha voglia di parlarne.
– Dài che è l'ultimo giorno di scuola! – gli dico. Il mio tono è entusiasmo al quadrato, ma lui non ne è contagiato.
Poi vedo Lavinia, con i capelli biondi che ondeggiano a ogni falcata, la canottiera bianca, i jeans larghi, le scarpe da ginnastica. Di lei mi ha sempre fatto impazzire il contrasto tra il viso angelico e il modo di vestire poco ricercato, ai limiti del trasandato.
Tanto lei sta bene con tutto.
Ci corriamo incontro felici e i problemi di Enea passano in secondo piano. Lui si defila di fronte ai nostri urletti di gioia e raggiunge il gruppo dei maschi che stanno armeggiando con alcuni petardi.
Le bidelle li guardano torvi, pronte a mandarli in presidenza al minimo scoppio.
– E su, è l'ultimo giorno! Neanche un minicicciolo? – chiede Francesco, seconda F.
– Dài, uno scoppio veloce! – implora Gabriele, seconda C.
Ma le bidelle rimangono sulla porta, inflessibili. Loro vivono il ruolo di guardiane con convinzione.
– Ho detto di no, – dice la piú piccola e segaligna, e il tono non ammette repliche.

La campanella richiama tutti dentro, guardiane comprese. Poi il consueto smistamento tra le classi e all'improvviso l'edificio si fa molto piú silenzioso.
Non è un vero giorno di scuola, questo. Tutto quello che hai vissuto durante l'anno, le persone, le situazioni, nell'ultimo giorno hanno un peso diverso. Alunni e insegnanti stipulano una tregua, firmano armistizi valevoli per i successivi tre mesi e si sorridono piú rilassati.
Uniche ombre: le pagelle finali e la minaccia dei compiti estivi.
È un copione.
Quando entriamo in classe, mi accorgo che, attaccato allo zaino di Lavinia, c'è il buff che le ho regalato e il cuore mi si gonfia felice.
Lei se ne accorge. – Cosí rimane sempre con me: o lo porto addosso o rimane agganciato allo zaino, – dice.
La adoro.
La giornata scivola via e io già assaporo il pomeriggio, quando mi vedrò con Lavinia per salutarci prima della sua partenza. Lei si fa tutta quanta l'estate in vacanza, prima con i nonni, poi con la madre in montagna, infine con tutta la famiglia al mare. Purtroppo salterà il raduno della squadra di atletica a Cesenatico, ma ci rivedremo a settembre, con mille cose da raccontarci, mille arretrati da condividere e il desiderio di ritrovarci ancora.
Amiche.
So già che in questi tre mesi mi mancherà un sacco, ma nello stesso tempo so anche che la lontananza avrà una fine. E allora tutto diventa piú sopportabile.

Verso la fine della mattina, durante l'ultima ora, ecco l'unica crepa della giornata: Martina & *the Chicks* chiedono alla prof di ginnastica di avere la palestra a disposizione perché vogliono esibirsi in un balletto che «hanno preparato per ben due mesi, giorno e notte». Dicono proprio cosí e io alzo gli occhi al cielo. Non ho voglia di vederle sculettare al ritmo di una canzone scema di Justin Bieber, ma la prof di ginnastica non la pensa come me e dà il suo permesso.
Insurrezione da parte dei maschi e, tanto per risultare simpatica alle *Chicks*, mi ci metto anch'io.
– Perché invece non facciamo una partita a qualcosa, tutti assieme? – propongo.
Un boato di approvazione da parte dei maschi. Esulto compiaciuta tra me e me, ma non lo esterno troppo per non peggiorare la situazione.
– Ma prof! – pigola Martina, tutta imbronciata.
La professoressa, magnanima, asseconda il balletto e mi rimprovera pure, con grande soddisfazione di Martina, detta «la Miley Cyrus della seconda D».
– Il fatto che a te non piacciano i balletti, Desiati, non significa che tutti la debbano pensare come te.
Sgamata.
– Anzi, – continua, – trovo che il tuo atteggiamento sia anche un po' snob. Quindi ti farà bene assistere all'esibizione delle tue compagne di classe.
Martina è raggiante: non solo ha avuto il permesso di ballare, ma pure la soddisfazione di vedermi soccombere. Fa un sorrisino compiaciuto e lancia un'occhiata trionfante alle sue *Chicks*. Ora si sentono fortissime.

Incontro lo sguardo di Lavinia che sembra dire «fregatene». Martina intanto zampetta verso lo stereo e le *Chicks* si mettono in postazione, schierate in un triangolo a cui manca il vertice.
La musica parte ma, a differenza di quel che avevo immaginato, non è la voce di Justin Bieber a uscire, bensí quella degli One Direction. Quando Martina si va a piazzare proprio al centro, davanti alle altre ragazze, il triangolo si completa e la compagine inizia a ballare, con la voce degli One che rimbomba in palestra.
I maschi sghignazzano, ma le pseudoballerine non se ne preoccupano, concentrate solo sui loro passi.
E io? Io rimango impassibile per non avere altre grane con la prof. Sento solo la mano di Lavinia che stringe la mia, complice. In quella stretta c'è tutto il nostro modo silenzioso di capirci.
Davanti a noi continua lo spettacolino. Martina & *the Chicks* sono fuori tempo, scoordinate, improbabili, ma ormai m'impongo l'imperturbabilità.
Alla fine applaudo pure, cosí, tanto per far vedere quanto sono mansueta, ma Martina non ci casca e mi fulmina con lo sguardo.
Lo so, lo capisco che sono tutto ciò che lei odia, anche se a volte, a quest'età, capita che scattino delle antipatie di pelle, senza un vero motivo. Basta un jeans senza l'etichetta giusta, una frase sbagliata, un comportamento strano, o anche un po' di invidia, e inizia una tacita battaglia tra ragazze.
Laddove i maschi si scazzottano, le femmine si avvelenano lentamente.

Cosí, quando suona la campanella di questa ultima giornata, mi sento alleggerita di non dover piú fingere. Davanti a me si apre un'estate senza Martina, le *Chicks*, gli urletti scemi, i balletti. Certo, Lavinia mi mancherà.
Ma tanto poi ci ritroveremo.
Come sempre.

Capitolo 1

Temporeggiatrici,
come la matrigna di Cenerentola

LAVINIA

Mi sveglio con una suoneria che riconosco anche nel sonno: è quella di WhatsApp. Mi è arrivato un messaggino. Apro e lo leggo: è Martina che mi manda un link a YouTube.
Per te! Con loro, questo nuovo anno scolastico partirà alla grande! A dopo, scrive.
Schiaccio e parte un video degli One Direction. La voce calda di Harry Styles mi avvolge e chiudo gli occhi ancora un attimo prima di alzarmi per questo primo giorno di scuola: oggi inizia la terza media.
Non so perché, ma *Story of My Life*, con il suo video dove ci sono le foto degli One da piccoli, mi smuove sempre qualcosa. Sono contenta che Martina me li abbia fatti conoscere. Non è vero che sono solo cinque belle faccette da Formaggino Mio, come dice Francesca. Intanto sono bravissimi a cantare e a me piacciono proprio per questo. La bellezza viene dopo.
Prima di alzarmi rispondo a Martina con un cuoricino rosa. *Ci vediamo dopo!*, aggiungo. Poi mi alzo, canticchiando con tanti «mmm» fino alla fine della canzone. Peccato che in-

ciampo su una delle valigie ancora da disfare, rischiando di rompermi l'osso del collo.
– Ma ca... – E do un calcio alla sacca.
Mia mamma deve aver sentito il trambusto, perché prima bussa e poi fa capolino dalla porta. – Sei viva?
– Sí sí, – rispondo sbrigativa. «Fa' che se ne vada subito» penso. Non ho voglia di parlare, soprattutto di prima mattina.
– Certo che se avessi disfatto le valigie... – dice, indicandole con il mento.
Ecco, ci manca pure il rimprovero mascherato da consiglio. Alzo gli occhi al cielo e mi chino per spostare i bagagli verso il muro, cosí non potranno piú essere d'impiccio. – Va bene cosí? – dico. Il tono è scocciato, me ne rendo conto pure io. Lei risponde calma. Ma lei è sempre calma, uno dei motivi per cui a volte mi dà sui nervi.
– I piedi sono tuoi, Lavi: se inciampi, cadi e ti rompi qualcosa sono affari tuoi, – dice.
– Uffaaa, oggi metto tutto a posto. Okay?! – sbuffo. – In fin dei conti siamo tornati ieri dalla Sardegna, eh! Stai scialla.
Mamma alza le mani in segno di resa e si defila. Era ora.
Indosso i vestiti che ho preparato ieri sera: una maglietta rosa e un paio di jeans *skinny* comprati la settimana scorsa. Mi specchio e devo ammettere che mi stanno a meraviglia. Martina aveva ragione quando ha insistito perché li comperassi in quel negozio a Porto Rotondo. Lei ha davvero gusto.
Un altro segnale della suoneria mi avverte che è arrivato un nuovo messaggio su WhatsApp. Apro: è Francesca.
Lavi! Non posso credere che finalmente ci rivedremo! Non vedo l'ora!
Sorrido, ma sento dentro un po' di disagio.

Anch'io!, rispondo. E faccio seguire un cuoricino.
Giallo.
Poi, non so perché, comincio ad aprire a caso le applicazioni dello smartphone e mi capita di finire sulle foto. Le scorro a ritroso e appare un piccolo riassunto della mia estate: io su un motoscafo mentre prendo il sole con un paio di occhiali da diva e intanto faccio il segno di vittoria, io e Martina sedute sull'altalena che mangiamo un Chupa Chups abbracciate, io che prendo un pescione per la coda e intanto mi tappo il naso, io e Martina sotto l'ombrellone che guardiamo un giornalino per teenager, dividendoci le cuffiette della musica, i nostri genitori che giocano a racchettoni sulla spiaggia, accoppiati in un improbabile doppio.
Poi, all'improvviso, capita a tradimento una foto che mi è stata inviata da Francesca e che il cellulare ha salvato in modo automatico. Il fastidio è lo stesso di quando l'ho ricevuta: Francesca e Lorenzo che si fanno immortalare abbracciati. Sullo sfondo il campo di atletica di Cesenatico, dove si è tenuto lo stage a luglio.
Tocco lo schermo e, allargando pollice e indice, zoomo sui visi dei due: sono tutti un sorriso. Un fastidiosissimo sorriso. E sembra pure che Lorenzo osservi Francesca con la coda dell'occhio.
Tocco lo schermo per far tornare la foto a dimensioni normali. Come il mio battito cardiaco. Come il mio umore.
Mi convinco che tra di loro non può esserci stato niente, che Francesca è sempre Francesca e Lorenzo... be', è ancora tutto da conquistare.
O forse no, forse non mi merita, come mi ha detto Martina.

Magari ha ragione lei.
Esco dalla stanza e mi scontro con Matilde che si sta trascinando verso il bagno.
– Ehi... – dice assonnata, stropicciandosi gli occhietti. Poi li riapre e sbatacchia le palpebre piú volte. – Bella la maglietta!
Io le sorrido facendo un giro su me stessa.
– Quando sarò grande come te, la potrò mettere anch'io?
– Ma certo. Magari una ancora piú rosa, che ne pensi?
Gli occhi di Matilde brillano. – Promesso?
– Promesso.
È da un po' che la sto assecondando, proprio come mi aveva detto di fare Francesca.
Francesca...
Tra qualche minuto ci rivedremo.
Scaccio il pensiero, anche perché è ora di andare.
– Ciao, piccolina, – dico, e bacio Matilde sulla testa.
Poi scappo via.
Da casa, dai pensieri. Da me.
Inforco la bici e pedalo verso la scuola. Sento qualcosa attaccato allo zaino, che sbatacchia: allungo la mano e realizzo che si tratta del buff rosa che mi ha regalato la Franci. Accarezzo la sua morbidezza per un po', assorta, poi rimetto la mano sul manubrio.
Francesca e io non abbiamo avuto il tempo di metterci d'accordo per fare la strada assieme, come al solito. Ho la sensazione che anche le piú semplici abitudini di qualche mese fa facciano fatica a ingranare. O forse sono io che sono ancora sballata dal viaggio di ritorno di ieri e vedo tutto come avvolto nella nebbia.

Scorgo Enea in lontananza, in bici pure lui. – Ehi! – gli urlo. Lui si volta e aspetta che lo raggiunga.
A un primo sguardo mi sembra che sia cresciuto e glielo dico.
– Credi sul serio? – mi chiede di slancio. Enea smania per diventare un po' piú robusto e non lasciarsi sopraffare da tipi come Argentesi.
– Certo. E anche di parecchio, – proclamo.
Mi guarda riconoscente, come se con quella frase gli avessi regalato la fiducia che ancora gli manca.
Arriviamo a scuola e alla fine la vedo, la Franci, proprio lei, una cascata di riccioli castani che spunta in mezzo ad altre teste. D'istinto mi viene da sorridere e solo adesso capisco quanto mi sia mancata. Tutte le ansie che ho avuto fino a poco prima si sbriciolano con un *frrrr*, lo stesso rumore del mio computer quando do il comando «svuota il cestino».
Sono certa che la lontananza ci ha giocato brutti scherzi. Sí.
Mi godo quel momento in cui lei non mi ha ancora scorto e la osservo. Noto che Martina deve ancora arrivare, meglio cosí.
Alzo un braccio e penso: «Eccomi, guardami, sono qui». Di solito funziona, ha sempre funzionato tra noi. Noi siamo speciali.
Ma questa volta non mi vede e allora mi avvicino ancora un po'. Enea sente che qualcosa non va, che sono turbata, ma non gli è chiaro il motivo.
Perché Francesca non mi *sente*? Siamo cosí cambiate in questa lunghissima estate?
Agito la mano per farmi vedere e finalmente lei volta un po' la testa nella mia direzione. Ci siamo.
Sorriso.

Sorriso.
Ancora una volta tutto il brutto scompare e ci corriamo incontro. Sto per abbracciarla come facciamo sempre, ma in quel momento arriva anche Martina.
Istintivamente mi ritraggo un po' e mi limito a darle due baci sulle guance.
Lei rimane spiazzata, lo so, lo vedo e lo sento. Ma è cosí difficile quella situazione, lei non capirebbe. Almeno non adesso, è troppo presto.
– Non vedevo l'ora di rivederti, – dice la Franci.
Io le prendo una mano: là sotto nessuno ci può vedere, neppure Martina. – Anch'io. Mi sei mancata un sacco.
– Dobbiamo raccontarci ogni cosa, ogni singolo giorno, ogni ora di queste vacanze interminabili. Devo dirti tutto dello stage di atletica, di Lorenzo, degli allenamenti che ci ha fatto fare Fabio, delle serate a Cesenatico. Pensa che...
– Ne parliamo dopo, dài, – la interrompo. Questa storia di Cesenatico mi infastidisce, lo ammetto.
– Okay... – dice lei, delusa.
Poi nota Enea lí vicino che sta parlando con il gruppo dei maschi. Si salutano come avremmo dovuto fare noi, con un abbraccio caldo anche se fugace.
Sono quasi invidiosa, ma sento gli occhi di Martina puntati su di me.
Mi sta studiando.
Per fortuna suona la campanella e, ancora una volta, ecco che inizia un nuovo anno scolastico.
Ma un senso d'inquietudine continua a starmi accanto.

Siamo in classe, i professori parlano del nuovo anno che ci aspetta, ma io continuo a guardare Lavinia e sento che qualcosa non va.
Cos'era quel saluto tiepido?
E guarda com'è vestita, tutti quei glitter sulla maglietta.
Non posso fare a meno di notare che anche lei ogni tanto si volta e mi sorride, come per rassicurarmi. Ma poi vedo che anche Martina è lí che ci osserva e si forma questa specie di trittico di occhi, questo incrocio di traiettorie.
No, qualcosa non va.
Poi capita che Faiella, il professore di tecnica, esordisca chiedendoci che cosa abbiamo fatto durante l'estate. Faiella è un tipo a posto.
Parte una carrellata di estati, fatte di viaggi, di treni, aerei, navi; di genitori, genitori acquisiti; di prime vacanze da soli, vacanze studio; di «tu preferisci il mare o la montagna?»; di bici, escursioni, lettini sotto l'ombrellone, sabbia che scotta; di pedule, rifugi, camminate.
Faiella arriva a me e io parlo prima del raduno di atletica (a cui ha partecipato anche Enea) e poi delle vacanze in Croazia con i miei genitori e mia sorella Lucia.
Faiella sembra molto impressionato dallo stage di atletica e chiede particolari.
– Sembra una cosa seria, – dice.
– Già, ma anche divertente. Ogni mattina ci allenavamo al campo. Anche due ore, ma si stava bene, non si pativa il caldo.
– Tu che specialità fai, Desiati? – chiede Faiella.

– Salto in lungo.

Sento un brusio dietro di me, ma non ci faccio troppo caso, anche perché Faiella mi fa altre domande. – Qual è il tuo salto migliore?

– Be', dipende...

– Dipende se è in giornata, – si intromette Enea.

Ridiamo.

– Coppi, c'eri anche tu? – chiede Faiella.

Enea annuisce. Io mi volto verso Lavinia, ma quando incrocio il suo sguardo, lei lo distoglie.

Enea intanto continua. – Avevamo libera uscita nel pomeriggio e allora potevamo andare in spiaggia, – dice. – Senza parlare della sera: Cesenatico è una città piena di divertimenti.

– Sí, va be', abbiamo capito, – sento mugugnare.

Mi volto e guardo Lavinia con tanto d'occhi. Sono sicura che è stata lei a parlare, ma risponde con un sorriso tirato. Martina però trattiene una risatina.

Ora tocca proprio a Lavinia raccontare della sua estate.

– Sono partita subito dopo la fine della scuola con mia sorella, siamo andate in montagna dalla nonna, – dice.

– Dove?

– Valle d'Aosta, – risponde lei. – Bello, ma che noia...

Tutti ridono comprensivi. Evidentemente una qualche vacanza con la nonna ce l'abbiamo tutti nel cassetto, e non è annoverata tra le cose piú adrenaliniche.

Anche Faiella sorride. – Poi? Hai fatto altro?

È allora che lo vedo. Anzi, lo sento, come se mi si spaccasse il cuore. Un punteruolo ghiacciato o avvelenato, non so, so

solo che mi paralizza. È uno sguardo tra Lavinia (Lavinia!) e... Martina.
Martina.
Martina, lei. Proprio quella lí. Quella che non abbiamo mai sopportato, nessuna delle due.
Martina Martina Martina Martina. Il suo nome mi rimbalza in testa, viene amplificato, rimbomba nelle orecchie, fa un baccano assurdo, stordendomi. Mi sembra pure che la vista mi si annebbi, come se un flusso improvviso di sangue si fosse riversato nelle pupille.
Quello sguardo trasuda complicità.
Poi Lavinia risponde a Faiella e lí parte la seconda coltellata alla schiena. – Per fortuna dopo sono andata in Sardegna con i miei. Sí, c'era sempre mia sorella, che a volte è una tale rompi...
– Sí, Lupi, abbiamo capito, – la interrompe Faiella.
La classe scoppia a ridere e i maschi ci caricano di commenti tipo: «Ma no, prof, la faccia continuare», «Cosa stavi dicendo, Lupi?!», «Rompiche?! Dài, meglio un bel sfasciam...».
– Ehi, ora basta! – dice Faiella. Li ha lasciati sfogare, ora li richiama all'ordine. – Vai avanti, Lupi.
– Dicevo, – continua Lavinia, – c'era sempre Matilde, e pure i miei genitori ovviamente, ma bene o male in Sardegna ho già la mia compagnia di amici con cui stare, quindi non ho sentito troppo la mancanza di...
È un attimo, ma io la noto eccome l'occhiata che Lavinia mi lancia.
– ... di altre persone con cui mi sarebbe piaciuto condividere quei giorni.

Non so se Faiella sappia quanto siamo amiche, fatto sta che domanda: – Sbaglio o anche tu fai atletica?
Lavinia annuisce. – Sí... cioè...
Cioè *cosa*? Certo che fai atletica! Rispondi, su!
– Fino all'anno scorso sí. Facevo velocità.
Perché, quest'anno no? Ma che cosa stai dicendo?!
– Quindi tu non sei andata allo stage di atletica come Desiati e Coppi.
– No, i miei genitori non me l'hanno permesso, – conclude, con una nota triste nella voce che forse riesco a leggere solo io. – In ogni caso, – continua, – in Sardegna mi sono divertita parecchio...
– ... anche perché sono arrivata io! – dice Martina di slancio.
Ecco qui la mia coltellata, assestata ben bene.
Quindi è questo che è successo? Martina era in Sardegna con Lavinia?! E perché non me l'ha detto?
– Ah, quindi eravate in vacanza assieme! – commenta Faiella sorpreso.
– Io sono arrivata piú tardi, un po' per caso, – cinguetta Martina. – I miei genitori avevano prenotato in Sardegna, ma in un altro residence. A causa di alcuni pasticci, abbiamo dovuto ripiegare sullo stesso residence dove si trovava Lavinia. È stata una vera sorpresa trovarla lí.
Martina ridacchia, ma a me sembra il gracchiare di un corvo. E me la immagino pure, tutta piumata di nero. Strega.
Continuo a fissare Lavinia, senza capacitarmi del suo silenzio durante tutte le settimane precedenti. Perché non mi ha detto nulla dell'incontro con Martina? Aveva paura che io reagissi cosí male?

Adesso la voce di Martina mi arriva da lontano, un po' attutita, come se fosse l'incantesimo di una fata malvagia.
– La Sardegna è davvero un posto fantastico, prof. E poi deve vedere che negozi, meglio che qui!
– Negozi, eh... – ripete Faiella, dubbioso. – È questo che ti è rimasto impresso della Sardegna?
– Anche! E i saldi iniziano molto prima che da noi! Per non parlare della gente che frequenta le spiagge –. Si volta verso Lavinia per avere il suo sostegno nel racconto. – Quanti vip abbiamo visto, eh, Lavi?
Lavi?! Siamo già ai diminutivi?
Abbasso la testa e mi guardo le mani intrecciate sul banco, a mo' di preghiera.
Calma, Franci, non vuol dire niente. Lavinia ha solo trascorso qualche settimana in compagnia di Martina, ma questo non vuol dire niente. Respira e rifletti. Rifletti e respira.
Non.
Vuol.
Dire.
Niente.
Mi sento osservata e rialzo la testa: è Enea. Gli sorrido raccogliendo tutte le mie energie, perché di sorridere, in realtà, non ne ho proprio voglia. Ma non farlo sarebbe come ammettere che mi sento vuota dentro. Come se mi avessero rubato in casa.
– Bene, ragazzi, direi che la nostra chiacchierata ce la siamo fatta, – commenta alla fine Faiella, prendendo in mano il libro di tecnica. – Adesso iniziamo a lavorare.
Qualche brusio di disapprovazione e qualcuno tenta di ritar-

dare ancora l'inizio della lezione. – E lei dov'è andato quest'estate, prof? – chiede Davide Domenici.
– Grecia... – risponde Faiella senza staccare gli occhi dal libro.
– Ah, bello! – commenta Davide fintamente interessato. – Perché non ce ne parla un po'?
– Domenici, non ci provare...
Gli altri ridono e Davide arrossisce per essere stato sgamato.
– Allora, aprite il libro a pagina quindici, – dice il professore.
E noi obbediamo.
Per tutta l'ora cerco di scacciare i brutti pensieri e ogni tanto guardo Lavinia di nascosto. Sembra che stia attenta alla lezione, lei. Ma come fa?
Insisto a fissarla, prima o poi si accorgerà di me. Invece lo fa Martina, che mi squadra con aria trionfante. E a me viene una gran voglia di prenderla a schiaffi.
È interminabile, questa lezione, conto solo gli attimi che mi separano dall'intervallo, per avvicinarmi a Lavinia e parlarle.
C'è qualcosa che non va, qualcosa di fastidioso, tipo quando hai addosso uno zaino e un oggetto all'interno ti preme contro la schiena; oppure quando un'etichetta ruvida ti pizzica la pelle del collo; o ancora quando senti le unghie grattare una lavagna.
Driiin! Cambio dell'ora. Intervallo.
Mi alzo e mi giro verso il banco di Lavi, che però è già presidiato da Martina e qualche *Chicks*.
– Vieni fuori? – le chiedo, fregandomene di tutte.
– Certo.
Si alza ed esce in corridoio.
– Non mi avevi detto nulla di Martina, – inizio.

– Invece sí: ti ho detto che era in Sardegna anche lei.
– Ma non che avete trascorso assieme tutto quel tempo.
Lei scrolla le spalle. – Non è cosí antipatica come sembra.
– Quindi siete diventate amiche, – dico. – *Parecchio* amiche.
Lavinia s'irrigidisce. – È proibito?
– No, figurati. Però mi domando perché tutto questo mistero, perché lo devo venire a sapere cosí.
– Cosí come?
– Cosí, per caso! – dico forte. – Se il prof di tecnica non avesse fatto un'indagine scema sulle nostre vacanze, quando me l'avresti detto? Cos'è? Non meritavo la verità fin da subito?
Lavinia non ci sta. – Magari non te l'ho detto nei termini giusti perché temevo la tua reazione. Tipo questa!
Si sta chiudendo a riccio, lo so. La conosco. Non voglio, quindi cerco di calmarmi, anche se è dannatamente difficile quando ti senti ferita.
– Senti, non voglio litigare per colpa di Martina, okay?
Anche Lavinia si rilassa. – Okay.
In quel momento la campanella segna la fine dell'intervallo: è ora di tornare in classe.
Mi sento ancora scombussolata, tipo quello stato di ansia che a volte ti prende a inizio primavera, quando le belle giornate ti spingono fuori casa a fare un sacco di cose, ma non sai neppure da quali iniziare. Avrei mille cose da dire a Lavinia, mille domande da fare, ma la scuola e i suoi orari non ce ne danno la possibilità.
Cosí cerco di mettermi buona e di traghettarmi con calma alla fine della mattinata, quando potremo ritagliarci altro tempo.

Punto l'orologio sul muro. Chissà se è possibile concentrarsi cosí tanto da spostarne le lancette?

– Come non vieni ad atletica?! – chiedo.
Siamo ferme al semaforo all'angolo del corso principale. Il caldo è ancora potente e sento le braccia che assorbono i raggi del sole. Se lo bevono tutto, quel calore.
Scatta il verde e spingiamo sui pedali per girare sul corso.
– Ho promesso a mia madre di disfare tutte le valigie, – risponde. – Tu sai come può diventare Carla quando non fai quello che dice.
E mi sorride.
Accetto la sua giustificazione, aggrappandomi a quel sorriso. Ma c'è una piccola, piccolissima parte di me che mi sussurra all'orecchio: «Se davvero volesse venire, il tempo lo troverebbe». Atletica è un nostro *must*, un appuntamento che non avremmo mai perso, neppure con la febbre. Anzi, quante volte abbiamo litigato con le nostre mamme per andare lo stesso sulla pista rossa. Perché noi lo sappiamo che i grandi campioni hanno fatto cosí fin da piccoli: lo sport non è mica un letto comodo. E se hai in testa il sogno di andare alle Olimpiadi, devi iniziare a correre fin da ora. Provare piacere per quello che fai e farlo anche quando non ci sono le condizioni ideali.
Lavinia sembra leggermi nel pensiero perché aggiunge:
– Dài, in fin dei conti è il primo allenamento. Posso iniziare anche mercoledí, non credo che cambierà qualcosa.
«Cambia noi» penso.
– Certo, – le sorrido, – solo che mi dispiace.
Allunga una mano e la mette sulla mia, appoggiata al manu-

brio. Ecco, in questo momento sembra che tutto sia tornato perfetto come sempre e mi arpiono a questa sensazione.
Ho bisogno di essere rassicurata, ecco cosa c'è.
Mattinata strana, questa.
– Ci sentiamo dopo? – chiedo, prima di svoltare per la mia via.
– Certo. Ciao!
E pedala via, con il buff rosa che le ho regalato io che svolazza sullo zaino come un fazzoletto agitato dal finestrino di un treno.
Arrivo a casa e solo quando metto piede nell'androne silenzioso ricordo che oggi sono sola a pranzo: mamma ha un impegno, papà rimane fuori come sempre e Lucia va da una sua compagna di scuola.
In un altro momento sarei stata contenta di questa imprevista solitudine e l'avrei accolta come un regalo.
Ma oggi no, oggi è tutto amplificato come in una gigantesca cassa di risonanza e questa solitudine è piú deserta del dovuto.
Mi sento un animale abbandonato. Ecco.
Decido di prepararmi una pasta all'olio, cosí sono sicura che non mi disturberà lo stomaco durante l'allenamento. Ogni gesto nella cucina vuota produce un rumore forte, scomodo, fastidioso. La pentola che sbatte contro l'anta della credenza, l'acqua che scorre nel lavello, l'accendigas, piatto posate bicchiere appoggiati sul tavolo: è tutto un *tump*, *schhh*, *crrr*, *clang*...
Mentre mangio la pasta sciapa, continuo a guardare il cellulare. Me lo sono appoggiato proprio davanti, vicino al

bicchiere, come se facesse parte della tavola apparecchiata. Nessun messaggino. E sí che ne avrei cosí bisogno.
Bip!
Si illumina l'iconcina verde. Tocco veloce lo schermo, ungendolo, e compare il nome di Enea.
– Ma cosa vuoi, Coppi?! – domando tra me a voce alta.
Ehi, tutto bene?, mi chiede.
Rimango a guardare la frase e mentre penso a cosa rispondere, mi concentro sull'unione delle varie lettere: la *e*, la *h*, la *i*, la virgola, lo spazio... Come se avessero una vita a sé, e non significassero nulla se non accompagnate dalle altre. Un po' come me senza Lavinia.
Certo. Perché?, rispondo.
E me lo impongo proprio di scrivere quel «certo», e se potessi metterci un grassetto e farlo grande grande, che prende tutto lo schermo, magari me ne convincerei pure io.
Non so, oggi mi sembravi strana. Tutto mi sembrava un po' strano, a dire il vero.
Le lettere sullo schermo mi appaiono sfuocate, evanescenti: mi accorgo che la mia mano sta tremando. Perché Enea deve essere sempre cosí dannatamente sensibile e attento?
Chiudo e non gli rispondo. Tanto so che poi lo incontrerò ad atletica.
Infatti.
Quando vado al campo lo intravedo subito oltre il cancello, prima della buchetta della posta rossa: sta chiudendo la bici con la catena. Si alza e mi osserva arrivare.
Anche se mi sento strana, sapendo che Lavinia non ci sarà; anche se vorrei prendere il mio amico per le spalle, scuoterlo e

chiedergli: «Allora anche tu ti sei reso conto che c'è qualcosa di diverso!»; anche se vorrei buttarmi per terra e implorare il ritorno alla vita che mi è appartenuta fino a giugno scorso, mi limito a sorridere.
– Ciao! – dico, sforzandomi di apparire disinvolta.
Enea non risponde ma mi studia. Io scendo, lego la bici e faccio un sospirone pieno di (finta) energia. – Allora? Andiamo? Mi sa che Fabio ci sta già aspettando. Ah sí, guardalo là che ci fissa –. Risata. – Cavolo, speriamo che non ci massacri fin da subito, non potrei reggerlo ai primi di settembre. Ah, guarda, – indico lontano, – c'è anche il gruppo delle cheerleader che si allena.
Parlo tutto cosí, senza pause, senza punteggiatura. Voglio riempire ogni silenzio, impedire a Enea di intrufolarsi con qualche frase scomoda.
Mi sa che lui lo capisce. O forse è semplicemente infastidito dalla petulanza della mia voce, perché quando arriviamo al centro del campo si allunga subito verso la partenza dei sessanta metri.
Si sente un chiocciare da lontano e noto il gruppetto delle cheerleader che si sta esercitando. Tra queste scorgo pure Elisa, una delle *Chicks* nonché amicona di Martina.
– Trascorso bene l'estate? – mi chiede Fabio, raggiungendomi.
– Sí, dài.
– Ottimo. Sei riuscita a correre un po'?
– Dopo lo stage, intendi? Sí, un po'.
– Bene.
Piazza un ostacolo sul limitare della buca di sabbia del salto

in lungo e mi istruisce sui lavori che devo fare. Cerco di concentrarmi, anche se mi costa una fatica pazzesca.
– Allora, partendo da ferma, piedi uniti, abbassi le ginocchia e, aiutandoti con lo slancio delle braccia, salti in avanti, scavalcando anche l'ostacolo. Okay?
Annuisco. – Quante ripetizioni faccio? – chiedo.
– Tu inizia con venti, dopo vediamo cosa aggiungere, – risponde. Poi, all'improvviso, Fabio trasalisce, come se solo in quel momento avesse realizzato qualcosa. Si guarda attorno, cercando qualcuno, poi ritorna a me. – E Lavinia? – chiede infine.
– È tornata solo ieri dalle vacanze, – rispondo con tono normale. – Oggi aveva parecchio da fare. *Ma solo per oggi.*
Voglio convincere lui o me che sia un'eccezione, che in realtà la defezione di Lavinia non nasconda qualcosa di piú serio e non ancora svelato?
Fabio ci crede, annuisce e raggiunge Enea, per dare anche a lui gli esercizi.
Quando mi chino per cambiarmi le scarpe, sento una voce proprio dietro di me. – Ciao, Franci!
Mi volto: è Lorenzo.
La sua vista mi fa pensare di nuovo a Lavinia. «Se fosse qui, si scioglierebbe».
– Ciao, Lo! È un sacco che non ci vediamo! – dico, alzandomi.
Gli do tre baci sulle guance, come usa tra noi.
– Dallo stage, – dice lui.
– Già, lo stage...
– Lavinia? – chiede.
– Oggi non c'è.

– Ah.
La sua domanda mi ridà la carica. Lorenzo ha chiesto di lei!
È una grande notizia, che mi offre la scusa per mandarle un messaggio quando finirò l'allenamento. Sí! Mi sento emozionata per quello che le rivelerò, per come reagirà lei. Lorenzo e la sua semplice domanda («Lavinia?») ristabiliranno il collante giusto tra noi.
Guardo Lorenzo, improvvisamente su di giri. – Grazie! – gli dico, e gli stampo altri due bei baci sulle guance.
Lorenzo sorride. – Ma di cosa?
– Cosí!
– Ehi, voi due, avete finito di tubare? – urla Fabio, da lontano.
Arrossiamo tutti e due e rispondiamo in stereofonia: – NON STIAMO TUBANDO!
– Allora mettetevi al lavoro! – urla.
Ci scambiamo un sorrisino, poi lui se ne va e io torno a occuparmi delle mie scarpe. Quando alzo la testa vedo che nel gruppo delle cheerleader ce n'è una fuori dal coro, che non esegue gli esercizi come le altre e se ne sta ferma in piedi. Per di piú fissandomi.
È Elisa.

LAVINIA

Ho finito da un pezzo di mettere a posto le valigie. Che poi il tutto si è risolto con il prendere a due braccia gli indumenti e travasarli nel cesto della biancheria, in bagno.
Roba da cinque minuti, insomma.
Verso le quattro è arrivata Martina e adesso siamo chiuse

nella mia stanza a guardare video su YouTube, proprio come facevamo al mare, prima di scendere in spiaggia.
Al mare sembrava quasi che condividessimo la stessa casa, tanto stavamo assieme. Certo, non da subito, perché all'inizio stentavo anche solo a parlarci. Ero troppo influenzata dagli episodi passati e da quello che mi aveva sempre detto Francesca. Poi, pian piano, complici anche i nostri genitori che hanno cominciato a frequentarsi in spiaggia, ho scoperto che Martina non è poi cosí male. E anche che le cose che piacciono a lei non sono tutte «merda», come dice Francesca.
Gli One Direction, per esempio: non è vero che fanno schifo.
Anzi.
Martina veniva da me prima di scendere in spiaggia. A volte mangiavamo pure assieme, poi ci stendevamo sul divano, le gambe intrecciate, e guardavamo i video.
Proprio come adesso.
Facciamo una carrellata su tutto: gli One, Justin Bieber, le canzoni di *Violetta*, stralci di film come *Twilight*, puntate di *Glee*. Martina mi ha insegnato ad apprezzare la musica di adesso, come si fa un balletto, cose cosí. Ogni tanto ci alziamo in piedi e cerchiamo di imitare qualche coreografia. Come si fa a dire che non è divertente?!
Scegliamo la canzone *Story of My Life* e la ripetiamo in loop, cercando di imparare le parole.
Squilla il cellulare con un messaggino di WhatsApp: è Francesca.
Apro e leggo: *Peccato non ci fossi ad atletica. Sai chi ha chiesto di te (oltre all'allenatore, ovvio)?! LORENZO! Sembrava molto ma molto dispiaciuto che non ci fossi...*

Mi viene da sorridere, gongolante.
– Chi è? – mi chiede Martina.
– Uhm, niente, mia madre, – mento. Non mi piace parlare di Francesca quando c'è Martina. E viceversa.
È una situazione strana, questa. Non ho ancora capito come devo comportarmi, quindi sto improvvisando.
Ma ecco arrivare un altro messaggino. È Elisa.
Mi ha mandato una foto, la apro e all'inizio non capisco subito. Aggrotto la fronte e basta quel gesto per fare avvicinare Martina proprio mentre metto a fuoco *chi c'è* nell'immagine.
– Ma quella è Francesca! – esclama Martina. – E chi è il tipo a cui è *avvinghiata*?! – Sottolinea per bene l'ultima parola e io trasalisco.
– È... è Lorenzo.
– Quello di atletica che *ti piace*?! – E sottolinea ancora l'ultima parola, facendomi stare ancora piú male, facendomi sentire ancora piú tradita.
– Già.
Martina mi guarda pensierosa, poi all'improvviso s'illumina.
– Ma non avevi già ricevuto una foto con lei e lui insieme, quest'estate?! Ma sí, quando erano allo stage a Cesenatico...
– Sí –. Poi mi affretto ad aggiungere: – Ma non vuol dire niente.
Martina non commenta neppure e si limita a rimanere in silenzio. Suona come un «contenta tu...».
Per fortuna dopo poco Martina se ne va. Ho la gola chiusa e una voglia incredibile di rimanere da sola.
Ho deciso: questa sera spengo il telefono. Non voglio sapere piú niente di nessuno. Basta.

Il mio unico desiderio è fare come i bambini: chiudere gli occhi, mettere la testa sotto il cuscino e continuare a cantilenare «lalalalalalalala», per non sentire piú nulla.
Nulla.

Quando riapro gli occhi è già mattina. A qualcosa è servito, dormire, perché oggi mi sento meglio. Meno oppressa.
Il telefono però lo lascio ancora spento e quasi mi complimento con me stessa per la forza di volontà: dopo tante volte che mamma mi ha rimproverato l'abuso del cellulare, ora sono io che ho deciso di metterlo da parte per un po'. E devo dire che non si sta poi cosí male. Il cellulare è fantastico, lo amo, ti avvicina un sacco agli altri, puoi scambiarti messaggi, foto, tutto in tempo reale. È come se vivessi in una grande casa con tutti i tuoi amici, una marea di lucine verdi accese e la scritta *online* sulla fronte. Ma ammetto che ha i suoi difetti, perché non puoi piú fare niente senza che qualcuno lo sappia.
Quando arrivo a scuola c'è Francesca che mi sta aspettando davanti al cancello. Agito il braccio verso di lei e la raggiungo.
– Ma hai il cellulare rotto? – mi chiede, cosí, senza neppure salutarmi.
– No, l'ho solo spento, – rispondo, sulla difensiva.
– Ah.
Lego la bicicletta e sento i suoi occhi che mi studiano.
– E perché l'hai spento? Non l'hai mai fatto.
Mi sto innervosendo, mi sembra di essere sotto interrogatorio. Infatti sbotto, mandando in malora i benefici della notte ristoratrice. – Devo chiederti il permesso?

– No, no, ci mancherebbe! – Francesca alza le mani.
Sospiro. Non ho voglia di litigare con lei di prima mattina e cerco di rimediare. – Mia mamma mi ha fatto qualche storia su quanto uso il cellulare, tutto qui, – dico.
Ultimamente lo sto facendo spesso. Di mentire, intendo. E non ne vado fiera.
Francesca fa un sorrisino. – Non me ne parlare... Per fortuna c'è Lucia che lo usa molto piú di me, quindi i miei tengono sotto controllo soprattutto lei.
Ci avviamo sul vialetto della scuola. Ancora non si è spenta quell'aria di vacanza che si porta dietro settembre. È un brulicare di ragazzi della nostra età: mi sembrano tutti sorridenti e spensierati, senza quella specie di tagliola allo stomaco che io sento da un po'.
– Hai fatto in tempo a leggere il messaggio su Lorenzo? – mi dice Francesca, con aria maliziosa.
– Sí, l'ho letto, – dico. Poi però mi ricordo anche della foto che mi ha inviato Elisa e all'improvviso mi salgono il nervoso e la delusione della sera prima, quel ribollire che mi aveva fatto spegnere tutto, anche il cervello.
Per fortuna la giornata è di quelle pesanti, con i professori già determinati a farci sembrare questo inizio di terza media un antipasto delle prossime scuole superiori. Alla prima ora abbiamo la Romanelli, la professoressa d'italiano, che parte subito in quarta con una spiegazione sulla scrittura creativa. Odio italiano, ma la Romanelli mi sta abbastanza simpatica e cerco lo stesso di stare attenta. O almeno ci provo, perché tempo dieci minuti e la testa inizia a vagare a ruota libera, scavando negli ultimi fatti della mia vita. Accidenti.

Il suono della campanella. Ma come?! Di già?!
– La Romanelli ha dato dei compiti? – chiedo a Francesca, seduta davanti a me.
Lei si volta e mi guarda come se la stessi prendendo in giro.
– Lavi, lo fai apposta?
– No, ti giuro! Mi sono distratta... un attimo.
– Alla faccia dell'attimo! Comunque, bisogna studiare le pagine trentadue e trentatre. Ovviamente con lo schema.
Ovviamente.
Non faccio nemmeno in tempo a compilare il diario che entra la Sperandeo, la professoressa di matematica, molto piú vipera della Romanelli, ma almeno adoro la sua materia.
Mi volto verso Francesca, che è già tesa. La matematica proprio non la sopporta, è piú forte di lei. Non riesce a capire quanto i numeri possano esserle utili nella realtà. A lei il mondo piace raccontarlo, mica misurarlo.
La Sperandeo sembra fiutarlo, perché nel momento in cui dichiara che farà un ripassone generale, chiama proprio Franci alla lavagna. – Su, Desiati, vieni tu. Vediamo se l'estate ti ha aiutato ad amare un po' di piú la matematica.
Io, che la conosco bene, le leggo in faccia tutto lo scetticismo di cui è capace. «Ma quando mai?!» pare che dica.
Sperandeo e Desiati non si capiranno mai, come due stranieri senza interprete. Francesca si inceppa in mille passaggi per me cosí ovvi che vorrei alzarmi, strapparle il gessetto e completare per lei.
Il ripassone si riduce in un palleggio a fondo campo tra Francesca e la professoressa, un braccio di ferro tra volontà opposte.

– Bene, Desiati, – dice infine la Sperandeo, stremata. – Abbiamo assodato che tu e la matematica rimarrete due estranee anche per quest'anno.
Sento Martina sghignazzare dietro di me e non mi piace, perché so quanto Francesca ci rimane male quando viene presa di mira dalla prof. Cosí, quando torna al posto, le faccio un sorrisino di incoraggiamento, ma lei non pare neppure accorgersene.

FRANCESCA

La Sperandeo e la sua materia proprio non mi vanno giú, ma oggi ho toccato il fondo. Vedere poi Martina e le *Chicks* ridacchiare in fondo all'aula mi ha fatto salire un nervoso... E Lavinia non ha fatto nulla per aiutarmi. Lei, che di solito ha sempre trovato il modo per suggerirmi, in passato.
È tutto cosí strano.
Mi sembra quasi di vivere in uno di quei film... ce n'è uno con quell'attore... quello di *The Mask*... quello che ha la faccia di gomma. Insomma, a un certo punto si accorge che tutta la sua vita è in realtà una gigantesca farsa perché, fin da piccolo, è stato protagonista a sua insaputa di un serial televisivo, una specie di reality.
Ecco, oggi mi sento cosí: l'esperimento di un grande show.
Per fortuna arriva la terza ora a salvarmi, giusto prima dell'intervallo: c'è ginnastica, terra franca per tutti. La prof, poi, capisce che abbiamo ancora la testa su spiagge e cime da duemila metri, passeggiate nel verde e serate all'aperto, cosí ci lascia l'ora libera «per sbizzarrirci un po', basta che non

facciamo casino». E cosí balza subito in testa alla classifica degli insegnanti piú giusti.
I maschi hanno un'invidiabile e immediata capacità di organizzarsi, e in men che non si dica sono schierati sul campo esterno a rincorrere un pallone. Con lo sguardo cerco Lavinia e il suo appoggio per qualche attività «maschia» delle nostre. Le solite, insomma.
E invece lei viene intercettata subito da Martina e da un gruppetto di *Chicks*, tra cui Elisa, la cheerleader. Sono tutte in cerchio stretto, intente a guardare qualcosa e a commentarlo.
Mi avvicino un po', ancora incredula non solo che Lavinia non abbia fatto lo stesso con me, di cercarmi fra i tanti, ma anche che sia ormai diventata l'anello di una catena di ragazze sciocche.
E sembra pure che si stia divertendo.
Faccio ancora qualche passo verso questo gruppetto starnazzante da dove ogni tanto parte qualche urletto. Sento anche la voce di Lavinia e mi sembra che dica: – Santo cielo, che bello che è.
– Chi?!
Credo di averlo solo pensato, ma in realtà l'ho proprio detto, perché tutte, Lavinia compresa, si voltano verso di me e mi guardano con aria aliena.
C'è un lungo attimo sospeso, dove nessuno sa bene che cosa fare, ma tutti aspettano di sentire cosa ci diremo Lavinia e io. È su di noi l'attenzione.
– Stiamo guardando un video, – risponde Lavi, arrossendo.
Io ho già capito tutto, ma la delusione mi fa essere cattiva e

temporeggiatrice, come il gatto che ha la zampa sulla codina del topo. E ci gioca.
– *Quale* video?
Silenzio. La musica in sottofondo, quella del cellulare attorno cui il gruppetto era in adorazione, risponde da sola.
– Gli One Direction?! – dico, scoppiando a ridere.
Lavinia arrossisce ancora di piú, ma ora di rabbia. Oh, se la conosco!
– Non sono male, – dice infine.
– *Non sono male?!* – ripeto io. – Ma ti prego, Lavi!
Se potesse sbuffare dalle narici come un toro, lo farebbe.
Martina intanto si sta godendo la sua piccola vittoria: Lavinia è sua, è riuscita a tirarla dalla sua parte. La parte delle sceme, per quanto mi riguarda.
– A *me* piacciono, – insiste Lavinia. – Sono bravi.
«A me» dice. E lo sottolinea. «*Me* che è diverso da *te*, Francesca».
Non ci sto, non può essere che la *mia* (mia?) Lavinia sia cambiata cosí.
– Non posso crederci! – esclamo. – Come si fa a non vederlo!
– Cosa, Franci?!
– Che sono solo cinque bamboccini con una bella faccia che canticchiano. Tutte quelle mossette... Ma dài, lo fanno apposta, per far colpo su ragazzine... come voi!
– Mossette?
– Guarda, guarda il video, – dico, con voce stridula. – Con quella manina sul cuore, come se stessero dicendo la frase piú importante del mondo, per farsi vedere ragazzi-supersensibili.

L'ho colpita. Il suo sguardo vacilla. Si sta comunque facendo delle domande. Poi però guarda Martina e i suoi occhi si rifanno duri, e offesi.
– Non mi importa, – dice infine. Poi mi dà le spalle e torna a guardare il cellulare.
Io rimango lí, in piedi.
E la scema, questa volta, mi sento io.

Capitolo 2

Invidiose,
come Grimilde

FRANCESCA

Bisognerebbe dirlo alle ragazze di tredici anni che un'estate può fare la differenza. Bisognerebbe avvertirle che nello spazio di tre mesi la loro vita potrebbe essere presa, sbattuta e impastata di nuovo, per diventare altro.
Bisognerebbe metterle in guardia da tanto dolore.

È mercoledí pomeriggio. C'è atletica.
Mi trascino a preparare la borsa, mi sento pesante. Tutta la mia vita sta assumendo un colore sfumato. Non ho piú certezze, nemmeno se mi piaccia ancora correre e saltare. All'improvviso la magia che provavo a toccare il cielo mi sembra un grande imbroglio.
Tutte cazzate.
Atletica era bella perché c'era Lavinia con me, e ora che non sono piú sicura che lei torni, diventa cosí inutile, vuota. Dov'è il divertimento di saltare?
Meglio allora correre dietro a un pallone, almeno hai l'obiettivo di infilarlo nella porta avversaria.

Esco dalla camera con la borsa sulla spalla: sembra cosí pesante.
– Esci? – mi chiede Lucia, incrociandomi nel corridoio. Ha la voce troppo alta, colpa della musica a tutto volume nelle orecchie.
– Sí, vado ad atletica, – rispondo.
– Come?! – ripete, urlando.
Quando si toglie una cuffietta glielo ripeto, con calma.
– Ah già, – commenta. – A volte dimentico che ti piacciono queste cose.
Non replico neppure e la guardo infilarsi nella sua stanza e sbattere la porta, per essere sicura di lasciarmi fuori.
Scendo in soggiorno convinta di trovare la mamma. Anzi, spero che ci sia, non perché io voglia parlarle o chissà cosa... Basterebbe la sua vicinanza, senza stare a spiegare grandi cose. Solo che a volte le mamme insistono per sapere, sapere, sapere... mentre dovrebbero imparare ad aspettare.
Tutto vuoto, invece. Il soggiorno è vuotissimo.
Va be'.
Decido di uscire subito anche se sono in anticipo: visto che la giornata è bella, posso pedalare un po' prima di arrivare al campo. Forse mi farà bene.
Scelgo vie poco trafficate, non abituate alle ruote della mia bici. Ben presto scopro che mi piacerebbe perdermi. Oppure entrare in un tunnel, una galleria spazio-temporale dove tutto si ferma per sempre.
Mi faccio pena. Ho voglia di lamentarmi a voce alta, inveire contro qualcuno per una vita che in pochi giorni non mi rispecchia piú. Spero ancora che tutto si sistemi, spero che La-

vinia torni quella di prima, che tutte e due torniamo quelle di prima.

Il cellulare squilla e m'illumino, felice. Allora c'è una speranza che tutto si sistemi! Di sicuro sarà Lavinia che mi dà appuntamento per andare ad atletica. Dài che sparisce il tunnel e la sua cavolo di galleria spazio-temporale.

Accosto veloce e prendo il telefonino dallo zaino, ma quando guardo leggo il nome di Enea.

Enea! Schiaccio il testo stizzita e non gli rispondo neppure, come se fossi arrabbiata con lui, come se fosse colpa sua. Ho il bisogno disperato di incolpare qualcuno.

Rimonto in sella e continuo a pedalare, questa volta verso il campo, ormai l'ora è quella giusta. Anzi, se non mi sbrigo arriverò in ritardo. Cerco di capire dove sono e svolto in una viuzza del centro che, da quel che ricordo, dovrebbe farmi saltare un pezzo di strada.

C'è una musica proprio in fondo alla via che mi guida nella direzione giusta. Potrebbe essere una nuova versione del *Pifferaio magico*. Man mano che mi avvicino, la musica si fa sempre piú chiara e la riconosco: è il gruppo dei dementi, proprio loro, che oggi odio piú di qualsiasi altra cosa. Gli One Direction.

Le voci dei vari Niall, Zayn, Liam, Harry e Louis, con i loro nomi idioti, si confondono con altre, piú squillanti, da femmina. Mi avvicino al cancello dell'ultima villetta e le vedo: il gruppo delle *Chicks*, con Elisa, Giulia, Valentina, Stefania, capitanate dall'immancabile Martina. Stanno provando un balletto sulla musica degli One, tre davanti e tre dietro. Solo in un secondo momento vedo anche lei. Lavinia.

È un attimo, uno sguardo veloce, ma è proprio lei, ne sono sicura: i suoi capelli biondi, la sua maglietta nuova con la faccia di Katy Perry stampata sopra, i fuseaux in maglina finto jeans, le scarpe con i lacci rosa ai piedi.
Ma quando l'ha presa, quella roba lí?
Sorride divertita e muove le anche, come se stesse ballando in un video. Lavinia non è piú lei, non sarà piú lei, ma una delle tante *Chicks*.
Passo veloce, certa che non mi abbiano visto.
Mi alzo sui pedali per prendere velocità e andarmene via al piú presto da quella palude malsana di persone, una Gora dell'Eterno Fetore come nel film *Labyrinth*. Mi allontano da loro, da lei, mentre le mie pedalate si fanno sempre piú potenti e definitive. Mi allontano da quella brutta sensazione di invidia per i loro giochi, i loro divertimenti, le loro belle scarpe, i capelli profumati, da dive, mentre io pedalo accaldata con la mia felpa grigia e la pseudocoda fatta in fretta prima di uscire.
Ora sono sicura: Lavinia non tornerà piú a fare atletica.

Sto rientrando a casa dopo l'allenamento. L'aria è fresca, molto piú di ieri. Anche le giornate si stanno accorciando e ormai siamo molto oltre il tramonto. Forse è meglio che accenda il fanale, mi dico.
Continuo a pedalare nella solitudine di questa via, ormai vicino a casa. L'allenamento è andato tutto sommato bene, anche se Fabio mi ha chiesto ancora una volta dove fosse Lavinia. Io gli ho risposto dura, non ne potevo piú di sentire parlare di lei, mi faceva male. Gli ho detto: – Non sono la sua baby sitter. Chiedilo a lei.

Ho capito che c'è rimasto male, perché poi non ha chiesto piú nulla. Credo che non parleremo piú di Lavinia, io e lui.
Solo dopo aver finito l'allenamento mi sono accorta che Enea non c'era. Strano, mi aveva chiamato poco prima, al cellulare... Ma anche quell'assenza mi scivola via.
È difficile spiegare come mi sento, perché in realtà è come se avessi bevuto un veleno che mi sta pian piano anestetizzando, non solo il corpo, ma anche il cuore.
Sto passando davanti alla mia scuola e istintivamente la guardo, avvolta nel buio della sera: il vialetto acciottolato, le rastrelliere delle bici, gli alberi che allungano le loro ombre fino all'entrata, i muri grigi scrostati qua e là, le finestre con le tapparelle abbassate... tutte tranne una.
Inchiodo, perché qualcosa non mi torna. E quando scendo dalla bici e mi avvicino alla cancellata, il dubbio si fa certezza: non solo la tapparella è alzata, ma c'è pure la finestra aperta. Strano, le bidelle non si farebbero scappare un particolare del genere.
Mi guardo attorno: la strada è deserta. Riesco pure a vedere la mia casa, duecento metri piú avanti. Le finestre della sala da pranzo sono illuminate, di sicuro la mamma sta finendo di preparare. L'auto del papà però non c'è, quindi deve ancora tornare a casa. Posso aspettare un po' prima di rientrare.
Non so cosa mi renda cosí ardita, fatto sta che scavalco la cancellata e mi accuccio subito in mezzo ai cespugli, una posizione strategica per osservare da vicino la finestra aperta.
E poi la vedo, all'improvviso. Una luce, debole, che illumina per un attimo il muro della stanza, dall'interno. E sento una voce, che di sicuro in strada non si sarebbe udita ma qui, nel

mio nascondiglio, arriva benissimo. – Cazzo fai con quella pila?! Spegnila!
Incasso la testa tra le spalle, una scarica di adrenalina mi attraversa il corpo.
Mi pento immediatamente per la pessima idea di infilarmi in questo pasticcio, in questo cavolo di cespuglio. Forse riesco ancora a salvarmi, a uscire da qui, scavalcare di nuovo il cancello e andarmene a casa. Magari incontrare il papà che torna, salire le scale con lui. Sedermi a tavola con tutti, in pace, e avere solo il problema di scansare i commenti acidi di mia sorella.
Sto per farlo, sí sto per farlo, ho già i muscoli delle gambe pronti a scattare nei cento metri piú veloci della storia, quando mi blocco di nuovo, questa volta per un insieme di voci che parlano tra loro concitate.
– Dài, cazzo, dài, muoviamoci!
– Aspettatemi!
– Arrangiati, stronzo.
– Hai preso tutto?
– Tutto.
Tre corpi scavalcano la finestra e planano sul giardino, proprio vicino al mio nascondiglio. Da quel momento entro in apnea e ricomincio a respirare dopo un intero minuto.
I tre corpi sfrecciano davanti a me nella penombra e, nonostante i rami degli alberi mi impediscano una visuale completa (ma sono anche quelli che mi nascondono, grazie al cielo), riesco a scorgere i visi dei tre ragazzi: Argentesi, Labella, Pusiani.
– Vai, vai! – dice Argentesi, lanciandosi verso il cancello. – Il cellulare l'ho lasciato io.

– Okay, filiamo! – Questo è Pusiani.
– La prossima volta ruba le chiavi, cretino, cosí entriamo dalla porta.
– Le ho prese adesso, dall'armadietto delle bidelle –. Risata.
Scavalcano, atterrano in modo pesante, poi si allontanano mangiando le loro stesse falcate.
Erano talmente di fretta che non si sono neppure accorti della mia bicicletta appoggiata al muro.
Silenzio.
E ora che faccio?
Vorrei entrare per vedere cos'hanno combinato quei tre dentro la scuola, ma nello stesso tempo mi rendo conto che sono anch'io un'infiltrata, una che ha scavalcato a sua volta e, se scoperta, potrei essere considerata loro complice.
Mi assale l'ansia di andare via il piú velocemente possibile, di fare finta di non essere mai entrata. E lo faccio.
Come loro, riemergo dal mio nascondiglio e salto la cancellata. Il cuore sembra spaccarmi il petto dalla fatica, dalla velocità. Vado via come un proiettile e sono a casa nel momento in cui arriva papà, proprio come mi ero immaginata prima.
– Ciao, – dico, con il fiatone.
– Hai fatto tardi! – mi dice lui, mentre scende dall'auto.
Io intanto parcheggio la bicicletta vicino al muro del box.
– Ho allungato un po' sulla strada del ritorno, – rispondo. So di avere le guance in fiamme.
– Non esagerare, però, – dice lui. – Adesso fa buio presto.
– Hai ragione. Non succederà piú, – assicuro, da brava.
Non succederà piú.
Chissà perché, ma le mie promesse oggi suonano stonate.

Ceniamo tutti assieme, ma io ho la testa altrove, ancora a scuola. Sono presa da mille dubbi: di essere stata vista da qualcuno, di non essere entrata per controllare che fosse tutto a posto, di non avere fatto nulla per fermare quei tre.

– Franci, tutto bene? – chiede mia mamma.

– Sí... perché?

Tutti mi stanno osservando; Lucia, poi, con quella sua arietta divertita, mi sta sezionando l'anima.

– Perché è da dieci minuti che giochi con i piselli nel piatto, – risponde mia madre. Ha l'aria preoccupata, devo sembrarle proprio strana.

Sorrido per tranquillizzarla. – Sono solo stanca, – dico. – La scuola, lo sport: è ricominciato tutto in un colpo.

– O qualche ragazzo per la testa... – sogghigna Lucia.

La fulmino con lo sguardo. – A me non piace nessuno.

– Oh, scusa tanto, – ridacchia lei. – Sí, a volte dimentico che sei un po' sfigatona.

– LUCIA! – la rimprovera mia mamma.

– Scusa, – si affretta a dire mia sorella. Ma mi guarda con la coda dell'occhio e sorride soddisfatta.

Finiamo di mangiare e mia madre s'impegna a trovare altri argomenti, dalle torte che deve consegnare al gatto che tossisce ogni giorno, dal quadro che ha visto in un negozio al nuovo vicino giapponese che ha comprato casa di fronte a noi.

– Un giapponese?! – chiede papà, incuriosito.

– Un giapponese, – ripete mamma. – Un tipo calmo. Secondo me sembra una specie di monaco zen.

– Zen?! – dice papà sorridendo. È talmente divertito che non si accorge di avere urtato con il gomito il bicchiere, rovesciando l'acqua: un piccolo fiume trasparente che invade la tavola, si ramifica sulla tovaglia di plastica e cade proprio in grembo a Lucia.

Mia sorella si alza di scatto. – Ma... papà!! – urla piagnucolando. – Guarda che hai fatto!

– Scusa...

– Come no, intanto però sono *io* quella bagnata! – risponde isterica mia sorella.

– Sí, zen, perché?! – chiede mamma a papà. Crede che papà non prenda molto sul serio le sue intuizioni. E intanto la conversazione si fa sempre piú confusa.

– Ma chi se ne frega! – continua a piagnucolare Lucia, tamponandosi col tovagliolo. – Io sono tutta bagnata!

– È solo acqua, santo cielo! – sbotta mamma. Poi, di nuovo a papà: – Spiegamelo!

– Ma cosí, per dire, – si difende lui. – È che mi fa strano che tu abbia già deciso che il vicino *sia* un monaco zen.

– E perché?

– Niente, nessuno mi considera in questa cavolo di casa, – frigna Lucia.

– È solo acqua, santo cielo! – ripete mamma.

– Da quando in qua sei un'esperta di zen?!

– Sarà pure solo acqua, ma tra un po' passa a prendermi Alberto e io sono impresentabile!

– Va' a cambiarti, Lucia, e taci!

– Tante grazie, mamma!

– Non ho detto che è un monaco zen, ma che *sembra* un monaco zen! C'è una bella differenza...

Mi schiarisco la voce per cercare di sovrastare le loro voci. – Io ho finito, posso andare nella mia stanza?
– Ma sí, vai, – risponde mamma. – Ora spiegami che ne sai invece tu dello zen, – continua rivolta verso il papà. Poi fa una risata ironica, le braccia incrociate sul petto.
Lucia e io saliamo le scale, ognuna diretta nella propria stanza. Nessuna delle due saluta l'altra: io perché ho imparato a non calcolare mia sorella, lei perché pensa che io sia solo una grande sfigata.
Non ci guardiamo neppure e segue un *bam!* di porte.
Finalmente sono sola.
Mi affaccio alla finestra per controllare la scuola: nella sua immobilità pare tutto a posto. Magari Argentesi è entrato perché si era dimenticato qualcosa, mi dico. Ma solo a formulare questo pensiero mi do della scema da sola, conoscendo il soggetto.
Quindi qualcosa deve avere fatto. Ma cosa?
Sento che sarà una notte difficile, mi rigirerò nel letto, insonne.
Sono ancora alla finestra, quando vedo affacciarsi il vicino della casa di fronte.
Il Giapponese.
Spengo veloce la luce e ritorno a osservarlo, nascosta tra le tende. Questa è la sera delle spiate, penso.
Lui rimane immobile a guardare davanti a sé. Mi colpisce la sua espressione calma e rilassata. Mi viene subito da pensare che allora sono vere le cose che dicono dei giapponesi e della cultura orientale: sono molto piú pazienti di noi.
A un certo punto lo vedo agganciare uno stendibiancheria da

finestra, di quelli che si appendono al davanzale. Armeggia un po', poi lo guarda soddisfatto, come se avesse fatto un buon lavoro.
Infine sparisce nel buio della stanza.
Rimango lí ancora, ma non succede piú niente, cosí decido di allontanarmi dalla finestra e prepararmi per andare a letto a leggere. Ho bisogno di estraniarmi da questo mondo, dai pensieri, da quel senso di vuoto che mi sta scavando dentro. Ho bisogno di vivere un'altra vita, in un'altra dimensione; ho bisogno di essere qualcun altro. Almeno per qualche ora voglio staccarmi da me, come un serpente con la sua pelle. E questo posso farlo solo immergendomi in un libro.
I libri non ti tradiscono mai.
Cosí, dopo che mi sono infilata il pigiama e sono entrata nel letto, apro le pagine, lasciandomi avvolgere dalle piccole lettere nere. Poi, quelle lettere iniziano a comporre frasi, che aprono nuove porte affacciate su altri mondi, culle accoglienti in cui desidero finalmente addormentarmi.

LAVINIA

– Se però hai deciso di lasciar perdere atletica, devi dirlo a Fabio, – dice Carla, mia madre.
Siamo in cucina a fare colazione. Papà è già uscito da un pezzo perché deve andare in un'altra città per lavoro. Accade diverse volte durante l'anno, ma nell'ultimo periodo sempre piú spesso.
Matilde è ancora a letto: lei si sveglia tardi per andare alla scuola materna.

Carla invece si alza alla mia stessa ora per prepararmi la colazione.
– Sí, prima o poi lo farò, – rispondo, ancora assonnata.
– Non prima o poi, ma oggi stesso. È per rispetto verso di lui: deve sapere chi allenerà quest'anno, – puntualizza.
So che ha ragione, ma adesso non ho proprio voglia di ragionare come lei, perciò sbuffo.
– Allora *oggi* lo chiami? – insiste Carla.
– Ma sííí, uffa, che p... – Alzo lo sguardo e vedo che lei mi fissa, pronta. Vuole capire se ho il coraggio di concludere la frase.
Carla è un pezzo di pane, ma quando si arrabbia è meglio correggere subito il tiro, perché può cambiare umore da un momento all'altro.
Ovviamente mi fermo in tempo, non sono mica scema. So che certi modi proprio non li sopporta e quando hai tredici anni le mamme vincono ancora.
– Oggi lo faccio, – dico a denti stretti.
– Brava.
Rimaniamo a tavola ancora un po', una di fronte all'altra. Io ho gli occhi incollati alla tazza, la vista ancora annebbiata dal sonno. Sento però lo sguardo di Carla su di me. Mi innervosisce. Che cosa vuole, ancora? Le ho già detto che chiamerò Fabio oggi stesso!
– Pensavo... È già da un po' che non viene Francesca, – dice infine.
Sobbalzo. Dovevo immaginarmelo che prima o poi sarebbe venuto fuori il discorso. E ora è difficile rispondere a domande su un'amicizia che non è chiara neppure a me.

Già. Cos'è successo tra me e Francesca? Perché siamo a questo punto?
– Mmm, è vero, – rispondo distratta. – Ora vado, ciao.
Afferro l'ultimo biscotto al volo e scivolo fuori casa per evitare altre domande. Non ce la posso fare.
Ma non appena arrivo a scuola, passando proprio davanti alla casa di Franci, quella casa cui sento d'appartenere sempre meno, noto tutti i ragazzi accalcati ai cancelli. Non è il solito vociare d'attesa prima che suoni la campanella d'inizio. C'è concitazione. Risate euforiche. Sberleffi.
– Ma che succede? – chiedo al gruppetto di Elisa, Carolina e Giulia, schierate di spalle, verso la scuola. Si capisce che non vogliono perdersi nulla.
Elisa si volta. – Oh, un vero casino! Non hai ancora visto?
– No.
– Questa notte qualcuno è entrato a scuola! Oddio, e sapessi...
– Cosa...?
– Guarda là, – dice Elisa indicando l'edificio. Solo quando mi sforzo di osservarlo bene, noto le finestre che sgocciolano e i muri pezzati di macchie d'umido. Le bidelle si affacciano ogni tanto per svuotare secchi.
Il preside è nel cortile, proprio di fronte all'entrata, e indossa un paio di stivaloni di gomma.
– Hanno infilato degli stracci in tutti i lavandini del primo piano, – continua Elisa. – Hanno aperto i rubinetti e se ne sono andati.
– Nooo! Quindi i rubinetti sono rimasti aperti tutta la notte?
– Già.
– Oh, cavolo...

Ci raggiunge anche Martina. – Hai sentito?! – mi dice, con un sorriso che le prende tutto il viso.
– Io non so chi sia stato, ma devo dire che sono dei veri geni del male! – gongola Carolina.
È evidente che questa mattina le lezioni non ci saranno e probabilmente era quello che volevano i tipi che hanno combinato questo disastro. Dovrei essere felice anch'io come le persone che ho attorno, invece ho solo un sapore amaro in bocca. Mi sento sola, come una nave abbandonata. Come questa scuola inutilizzabile.
Dov'è Francesca? La cerco con lo sguardo, scandaglio i vari gruppi di studenti che si accalcano e vociano, già pronti per tornarsene a casa. Io non ho voglia di farlo, vorrei rimanere fuori. Magari al parco. Chissà se anche lei ha il mio stesso desiderio. Di solito avevamo gli stessi pensieri, come se avessimo una testa sola.
Ma Francesca non la vedo.
Intanto, mentre il preside e gli insegnanti si danno il cambio per gestire la situazione dentro e fuori la scuola, si capisce che l'episodio è già sulla bocca di tutti. La nostra città è piccola ed è normale che le notizie rimbalzino veloci. Studenti di altri istituti, anche delle superiori, arrivano in processione a vedere «la scuola che cola», come se fosse una nuova meraviglia. Fanno pure le foto.
Ma a un certo punto, tra tutti quei visi che non sono abituata a vedere qui, spicca all'improvviso quello di una persona nota. Nota e speciale.
È Lorenzo.
Sbianco, il cuore accelera. Da quanto è che non lo vedo?

Indecisissima su cosa fare, abbasso lo sguardo e giro su me stessa, tipo Byron quando si morde la coda. Mi limito a guardarlo da lontano o mi butto e vado a salutarlo? Quando avrò altre occasioni, ora che non vado piú al campo a correre?
Io giro su me stessa, e le domande girano nella mia testa. Perché alla mia età si è sempre incasinate sulle scelte da fare?
– Hai visto chi c'è? – mi chiede Martina.
Domanda inutile, ha notato benissimo la mia espressione!
– Certo che ho visto.
Quindi che faccio? Mi si stringe lo stomaco.
Dài, vado.
– Ma dove vai? – mi chiede Martina.
Comincio a farmi largo tra la folla, mentre Martina mi segue. Vorrei scrollarmela di dosso, ora, come un cane con la pulce attaccata al pelo. Aumento il passo, ma la folla è comunque tanta e difficile da penetrare. Lorenzo, però, lo vedo sempre piú vicino. Oddio, com'è bello! È ancora abbronzato e sembra addirittura piú alto. Dimostra piú anni di quelli che ha.
Già assaporo i tre baci di saluto sulla guancia, ma improvvisamente lo vedo abbracciare un'altra, un'altra che cercavo fino a un attimo fa. Lei, sempre lei. Lei, che comincio un po' a odiare. Francesca.
Guardala come se lo sta baciando, quella ipocrita.
– Sembrano proprio *ottimi* amici, – mi dice Martina, che ha osservato anche lei la scena.
Io non rispondo.
Ora Francesca mi sembra la persona piú falsa di questo mondo. Era proprio lei che raccoglieva le mie confidenze su Lorenzo. Era lei che doveva raccontarmi tutto di lui e dello

stage. Invece che cos'ha fatto? Se l'è preso, ecco che cos'ha fatto.

– È una stronza, – dico, gli occhi fissi su Francesca e Lorenzo mentre parlano.

– Io l'ho sempre pensato, – puntualizza Martina.

Anche se mi sento avvampare dalla rabbia, noto che Francesca ha un'aria preoccupata. Gesticola come una matta verso la scuola.

– Dài, andiamocene, – dico a Martina.

– Al parco? – chiede lei.

– Certo. Qui non c'è niente di bello da fare –. Butto ancora un occhio all'odiosissima coppia di fronte a noi e mi esplode dentro un'ondata di disprezzo. – Niente.

Mentre ci allontaniamo per goderci quell'inaspettato giorno di vacanza, nel cortile della scuola si svolge una scena degna dei RIS: preside e professori che entrano ed escono dall'edificio assieme ai vigili del fuoco. Ora arriva pure la volante dei Carabinieri.

– Ma cosa credono di trovare? – chiede Martina mentre ci allontaniamo. – Un biglietto con la confessione scritta?

Carolina si aggiunge a noi. – Comunque bisogna ammetterlo: chiunque sia stato ci ha fatto solo un grande favore, – dice, alzando il viso verso il sole.

Il parco è poco lontano dalla scuola. Altri ragazzi hanno avuto la stessa idea: le panchine sono già state prese d'assalto, i giubbotti distesi sull'erba. Ci sono già palloni messi in moto da piedi maschili.

Io, Martina e le altre (che non mi viene piú da chiamare *Chicks*) andiamo a sederci su un albero abbastanza famoso

qui. Non so di che specie sia, fatto sta che negli anni sembra avere plasmato i suoi rami apposta per creare delle sedie naturali. Basta fare un saltello, spingersi sulle braccia e si può sedere comodamente in posizione sopraelevata.
Un tempo io e Francesca ci arrampicavamo sempre lí sopra, e lei chiamava quella visuale privilegiata «panottica». Allora, solo qualche mese fa, la sua cultura mi affascinava. Ora il solo ripensarci mi dà la nausea. Ora vedo Francesca come una traditrice del valore dell'amicizia.
– È bellissimo qui! – dice Martina. Poi si illumina, presa da un'idea a suo parere fantastica. – Pensate come sarebbe bello fare un filmato con noi qua su, che cantiamo! Lo facciamo?
– Dài! – replica Elisa.
– Mio padre mi ha scaricato una app che fa montaggi fichissimi con i video. Potremmo fare diversi spezzoni, proprio come i video di MTV, montarli e proiettarli a Natale, di fronte a tutti, – propone Martina.
– Ci invidieranno. Diventeremo molto popolari –. Carolina è entusiasta.
Le sento parlare, cerco anche di sorridere, ma in realtà la mia attenzione è rapita da un nuovo arrivo al parco: è sempre lei, Francesca.
La vedo chiedere ai ragazzi di farla giocare con loro e cerco subito di scacciare il ricordo del nostro incontro in prima media.
– Ma quella lí è sempre in mezzo ai maschi? – commenta Martina, con fare provocatorio.
Io non rispondo e la guardo sfrecciare avanti e indietro sul campo di calcio. I maschi la trattano come una di loro, per-

ché è brava, dannatamente brava. Credo sia questo che vede in lei Lorenzo: una compagna di allenamento, sí, ma anche carina. È sempre stata la caratteristica di Francesca. E lei se n'è approfittata, quando io non sono potuta andare allo stage estivo.
Secondo me non vedeva l'ora. Ha fatto di tutto per fare la carina senza essere vista e poi ha teso la trappola.
Sí, deve essere stato cosí.
La mia rabbia monta a ondate, ci sono momenti in cui riesco a essere piú razionale e momenti, come adesso, in cui mi metterei a urlare contro di lei.
Ecco che corre dietro la palla, che esulta con i compagni di squadra a ogni tiro portato a segno, e io? Io sono invidiosa a vederla cosí. Vorrei essere di nuovo come lei.
Vorrei essere *lei*.
– Be'? Dobbiamo rimanere a guardare 'sta cavolo di partita ancora per molto? – sbotta Martina, indispettita.
– A me non frega nulla, – dice Carolina. – Andiamocene. Non ho voglia di fare da pubblico.
– Giusto.
Io per ora non mi muovo, come ipnotizzata dalla corsa di Francesca, dall'impegno che ci mette, dall'affiatamento che riesce subito a creare con i maschi; poi penso a me, che devo arrancare per ogni cosa, anche per farmi notare da Lorenzo. E mi viene voglia di fare un po' male a Francesca, di farla sentire come mi sento io ora, ferirla un po'. Le farebbe bene, magari. È troppo sicura di sé.
Ferirla. Ferirla. Ferirla.
Con un salto scendo dall'albero in modo pesante, perché le

mie scarpe facciano un bel rumore quando toccano terra. Lei, non molto distante da lí, si volta e mi guarda.
I nostri occhi s'incrociano per un momento.
Compio gesti lentissimi e ampi perché voglio che lei veda ogni mio movimento, anzi, che lo immagini, lo preveda e ci rimanga malissimo. Alzo il braccio, come se dovessi fare un lancio con la palla da baseball, e lo allungo dietro di me, verso lo zaino. So dove toccare, so che giochi devono fare le mie dita, so come tirare il tessuto.
Francesca mi osserva, ancora non ha capito, la stupida.
Sarà piú soddisfacente vedere la sua espressione, dopo.
Infatti, quando alzo il braccio con il suo buff rosa, quello che avevo attaccato al mio zaino, noto un impercettibile fremito del suo sopracciglio destro.
Sta aspettando e teme.
Faccio alcuni passi verso destra, ma continuo a tenere i miei occhi incollati ai suoi: voglio essere sicura che non si perda nulla, che non venga distratta dal pallone da calcio all'ultimo minuto.
Sono arrivata proprio di fronte al cestino. Allungo il braccio, che mi sembra il ponte delle navi dove salivano i condannati a morte, quelli che venivano fatti annegare. E lascio.
Il buff viene inghiottito.
Mi volto e me ne vado. Non mi interessa piú vedere la sua faccia, mi interessava solo mostrarle quello che volevo fare *io*.
Con la nostra amicizia.
Lí deve stare Francesca.
Nel pattume.

Non si merita niente. Quella lí non si merita proprio niente.
Sto cercando di non pensare a Lavinia e a quello che ha fatto.
Ma la frase «ha buttato il buff nel cestino» mi sta trapanando la testa.
Rivedo ancora il suo gesto a rallentatore, la moviola piú brutta della mia vita: lo sguardo gelido da boia, la mano spietata, la condanna finale.
Allungo le gambe per toccare le travi spioventi della mia stanza a mansarda e mi guardo i piedi. Allargo le dita e mi arpiono al muro, come i gechi.
Che giornata del cavolo. Lavinia e il suo gesto da stronza, e ancora prima la scoperta orrenda di quello che ha fatto la banda di Argentesi la notte scorsa.
Stamattina, quando sono arrivata a scuola e ho scoperto l'edificio allagato, avrei voluto scomparire. Non sapevo cosa fare, mi sembrava di brancolare nell'incertezza piú totale. C'è stato un momento in cui stavo per andare dal preside, che vedevo in lontananza, a dirgli tutto, ma poi mi sono trovata di fronte Argentesi. Era lí con Pusiani e Labella e se la ridevano alla grande. Certo, non che si distinguessero troppo con il loro atteggiamento, visto che anche gli altri ragazzi presenti si sfregavano le mani per le lezioni saltate. Loro però erano proprio compiaciuti perché ne erano gli autori.
Si sentivano pure fighi.
E io, che lo sapevo, che cosa dovevo fare?
Uffa. Perché arrivi a una certa età in cui diventi una specie

di dubbio ambulante? Che cosa devo fare? Cosa devo rispondere? Cosa devo scegliere? Chi devo frequentare? Cosa penseranno di me?
A volte vorrei solo trovare il mio tasto di stop e premerlo. Ce l'abbiamo tutti un tasto di stop da qualche parte. A me basterebbe anche lo standby, per esempio.
Insomma, dovevo sfidare Argentesi?
In quel momento mi sono venute in mente, come una specie di lungo flashback, tutte le volte che Enea aveva subíto le prepotenze di quei cretini, il terrore che aveva sempre avuto di loro. L'ultimo episodio era stato la sera in cui ero andata a casa di Lavinia, il giorno del suo compleanno...
Groppo in gola.
Non dovevo pensare a lei.
Comunque questa mattina avrei voluto parlarne proprio con Enea, chiedergli che cosa avrei dovuto fare, perché era l'unico che poteva capirmi.
Mi sono messa a cercarlo tra la folla di ragazzi e alla fine l'ho intercettato: era solo, dietro un cassonetto della spazzatura e guardava la scena come se in realtà la stesse spiando dal buco della serratura. Sembrava farsi piú piccolo del solito.
Mi sono avvicinata. – Ehi.
Non mi ha neppure risposto e ha continuato a controllare l'edificio.
In quel momento avevo ancora la speranza che Enea fosse piú forte di me e che avrebbe saputo consigliarmi.
– Devo dirti una cosa.
Finalmente si è voltato, ma si è limitato a guardarmi con quei suoi occhi grandi e acquosi, da cane. Enea ti viene voglia di

proteggerlo già solo dallo sguardo. Sembra impossibile sia figlio di un caporal maggiore.
– Io so chi è stato a farlo, – ho proclamato.
Ha annuito. – Oh sí, anch'io.
Ci sono rimasta di stucco.
– Poco fa si è avvicinato Argentesi e mi ha detto: «Guardati bene tutta la scena, nano di merda, ché c'è una sorpresa per te».
Siamo rimasti zitti tutti e due e, nel silenzio, il peso di quella minaccia mascherata ha assunto un'importanza maggiore. Ora capivo perché continuava a tenere gli occhi incollati sulla scuola.
– Il fatto è, – ho continuato dopo un po', – che io l'ho proprio visto entrare a scuola.
– Davvero? – Enea si è voltato di nuovo e pareva interessato sul serio. – E tu dov'eri? Cos'hai fatto?
– Niente. È proprio questo il problema, – ho sospirato. – Se invece fossi intervenuta, tutto questo forse non sarebbe successo –. Ho indicato l'edificio ancora grondante. – Ho notato la finestra del primo piano aperta e mi sono insospettita. Ma poi, quando ho visto Argentesi e gli altri due, la paura mi ha bloccato e non ho fatto nulla!
– E hai fatto bene! – ha commentato Enea con veemenza. – Bene, hai capito? Dammi retta, Franci: la scuola può sopravvivere lo stesso.
– Ma non è giusto!
– Echissenefrega di quel che è giusto! – ha urlato lui.
Qualche ragazzo, lí vicino a noi, si è voltato incuriosito ed Enea si è nascosto ancora di piú dietro al cassonetto. Sembrava tutto cosí grottesco.

– Perché, è giusto avere il terrore di venire a scuola? È giusto che io me ne stia qui a fissare quella cavolo di scuola? È giusto? Rispondi.
– No, non lo è.
– Bene, allora facciamo cosí: buttati alle spalle tutta questa faccenda e io cercherò di fare altrettanto. La scuola si asciuga e il danno è solo un giorno di lezione in meno. Capirai.
Sembrava cosí adulto.
Adulto e triste allo stesso tempo.
– Spero solo che la minaccia di Argentesi sia soltanto un bluff...
Stavo per mettergli un braccio sulle spalle e consolarlo, quando è arrivato Lorenzo, direttamente dal liceo scientifico. Solo in quel momento ho capito che la scuola media Parini era diventata famosa tutta in un colpo.
Siamo rimasti a parlare un po' e gli abbiamo spiegato cos'era successo. A quel punto preside e professori ci hanno rimandato a casa e gran parte di noi si è riversata nel parco lí vicino. È stato in quel momento che è iniziata la parte piú spiacevole della giornata. In quel momento, ho capito quanto io e Lavinia ci siamo allontanate.
Sospiro. Mi guardo i piedi e allargo le dita come un macaco. Forse, se abitassi nella giungla, mi sentirei un po' meno sola di quanto mi senta adesso.
L'improvviso squillo del cellulare, in tutto quel silenzio, mi fa trasalire.
È Enea.
Un brutto presentimento mi spinge a rispondere dopo il primo squillo. – Che è successo?
Rumore di singhiozzi. – Un casino, Franci...

Segue un altro singhiozzo.
Cerco di rimanere calma, anche perché Enea sembra davvero scosso. – Raccontami.
– Han-no... t-trovato... il... il... cellu-lare...
I singhiozzi diventano mille e io non ci capisco niente. Il cellulare?!
– Enea, quale cellulare?
– I-il mio...
Buio totale. Poi pian piano si fa largo un ricordo antico di qualche mese fa, di me ed Enea che ci incontriamo casualmente in bici, una sera. Di lui che è angosciato perché gli hanno rubato il telefono. E questo ricordo va a incrociarsi con le frasi che ho sentito di sfuggita ieri sera, mentre Argentesi scappava con gli altri due. Parlavano di un cellulare.
Sbianco.
Argentesi è davvero un bastardo.
– Ha cercato di farti incolpare, vero?
– Mmm.
Capisco che è un sí, ma Enea non è ancora pronto per parlare. Lo lascio sfogare ancora un po' dicendo ogni tanto: «Calmati, ora», finché alla fine ce la fa. Non singhiozza piú, ha solo qualche sussulto di respiro come strascico.
– Il fatto è che mio padre non aveva ancora saputo del cellulare.
– Da allora?! Da giugno?
– Sí. Non gliel'avevo detto. Sono riuscito a tenerlo nascosto, anche perché è partito per lavoro ed è stato via fino ai primi di settembre.
– Quindi l'ha saputo cosí?

– Sí. Oggi è venuto il preside a casa nostra e mi ha fatto vedere il cellulare. Mi ha detto che l'hanno trovato in uno dei bagni del primo piano. Mi ha chiesto se io c'entravo qualcosa. Bastardo...
– E tu che hai fatto?
– Ho risposto di no, che non sapevo nulla. Ma ho dovuto spiegare di fronte a mio padre perché il mio cellulare era lí, a scuola. Cosí ho ammesso che mi era stato rubato a giugno.
– Il preside ti ha creduto?
– Sí, fin da subito. Mi ha detto: «Sappiamo che sei un bravo ragazzo e che questo è un tentativo di depistaggio». Il problema è stato mio padre dopo, semmai.
– Be', almeno però hanno scoperto che è stato Argentesi.
Silenzio.
– Perché non parli, Enea?
Ancora silenzio. Poi alla fine lo dice. – Ho solo detto che mi hanno rubato il cellulare mesi fa, non ho rivelato chi è stato.
– Ma perché no?! – urlo.
Parlo proprio io, che ieri sera non ho avuto il coraggio di fermare quei tre. Dovrei vergognarmi.
– Perché non voglio altri casini, Franci, voglio solo sparire agli occhi di Argentesi. Voglio che pian piano si dimentichi di me, che sono un nano di merda, sono stato chiaro?!
– Siamo due vigliacchi, Enea. Dovremmo fermarlo, te ne rendi conto?
– Non è un problema mio. Ho già fatto i conti con mio padre e mi basta. Dài, volevo solo parlarne un po'. Ora vado, ciao, 'notte.
Enea riattacca e io rimango a guardare il cellulare ancora un

po'. Mi sento sempre piú uno schifo, sempre piú sola, sempre piú sbiadita. Anche il mondo sta sbiadendo, non ci sono piú i confini tra giusto e sbagliato, non so piú chi è cattivo e chi è buono.

Rivoglio le mie certezze.

Capitolo 3

Gelide,
come la Strega Bianca

LAVINIA

Infilo nello zaino la gonnellina, il maglioncino a collo alto rosso, i gambali e le scarpe da ginnastica. Sono la mia nuova divisa d'allenamento.
È strano non mettere piú le scarpe chiodate, ma ormai va cosí. Dopo circa due settimane che ho lasciato il campo d'atletica, Carla, mia madre, mi ha detto che comunque uno sport dovevo farlo. Siccome Elisa e Carolina sono iscritte al gruppo delle cheerleader, mi sono unita a loro e ora è da quindici giorni che mi alleno. Che poi, sempre di campo d'atletica si tratta, visto che il ritrovo è lí.
Carla però non è molto contenta di questa scelta, dice che questo non è un vero sport. In tempi normali sarei stata d'accordo con lei, ma non mi va di darle ragione e preferisco continuare a fare la cheerleader con Elisa e Carolina.
Ogni tanto, mentre mi alleno, vedo i miei vecchi compagni e anche Fabio. A lui ho detto che quest'anno non avrei fatto atletica. Gli è dispiaciuto, ma mi ha anche detto che a volte capita di perdere per strada l'entusiasmo.

– E Francesca? Lei che dice? – mi ha chiesto.
Io ho alzato le spalle. – Non siamo mica sposate.
Fabio mi ha scrutato a lungo e poi mi ha dato la mano, dicendomi in bocca al lupo.
Con qualsiasi persona io parli, devo sempre confrontarmi con una domanda su Francesca. È inevitabile.
Anche Carla ha provato a chiedere di nuovo dove fosse finita, perché non ci vedessimo piú, ma poi, notando il mio nervosismo, ha lasciato perdere.
Mentre sono qui che preparo lo zaino, penso che questo primo mese di scuola è trascorso in fretta e lento allo stesso tempo.
Sono successe tante cose.
A scuola hanno messo le inferriate alle finestre. Il colpevole del pasticciaccio dell'allagamento non si è ancora scoperto, anche se parecchi hanno dei sospetti. Gira voce che abbiano cercato di incolpare Enea Coppi, ma il preside non ci ha creduto un solo momento. In ogni caso Enea si vede in giro sempre meno. Anche ad atletica latita. Intanto posso continuare a vedere Lorenzo.
Martina dice che non è cosí sicura che lui e Francesca stiano assieme.
Di certo lei ha fatto di tutto per diventare la sua ragazza, e ci sono le prove.
Francesca. Ovvero come le persone possono rivelarsi del tutto diverse nello spazio di un'estate.
Pugnalata alle spalle.
E poi forse Martina ha sempre avuto ragione: Francesca è una ragazza strana. Adesso poi si è tagliata i capelli corti e si veste solo di scuro. Sta sempre da sola, oppure con i maschi, anche

quelli piú grandi. Normale poi che uno la consideri un po' strana.
Lei *vuole* stare da sola e costringe gli altri a fare lo stesso.

Oggi abbiamo un'ora di arte e una d'inglese. Poi tre ore d'italiano, che sono uno stillicidio. Il mercoledí è una di quelle giornate che non passano mai.
Quando arrivo in classe noto che Francesca è già seduta al suo posto e sta aspettando l'inizio delle lezioni leggendo un libro. Deve sempre distinguersi, lei. Faccio finta di non vederla, ma con la coda dell'occhio sbircio il titolo: *It*, di Stephen King. È scritto a lettere cubitali e scarlatte. Riesco a vedere l'immagine di copertina, una strada grigia dove campeggia un tombino verso il quale si sta avvicinando, su un rivolo d'acqua, una barchetta di carta. Il fatto inquietante è che dalle grate del tombino sbuca la mano artigliata di qualche strano mostro.
Mi colpisce perché non è un libro da Francesca, non è il suo genere.
O almeno non lo era.
Mi obbligo a non fare altre riflessioni su di lei e i suoi gusti letterari, anche perché in quel momento suona la campanella ed entra la Garutti, professoressa di arte. Devo dire che la sua materia non è mai molto seguita, anche perché la consideriamo una prof non molto sveglia e trascorriamo il tempo a scriverci bigliettini e a pasticciare sul diario. Qualcuno addirittura tira fuori il cellulare e si mette a giocare con qualche applicazione, ma sono proprio i piú audaci, quelli che sfidano la regola ferrea che vieta i telefoni in classe. La Garutti non

si accorge di nulla e noi ne approfittiamo. In piú, tra una settimana esatta è il compleanno di Martina e siamo tutte in fibrillazione per l'organizzazione della sua festa. Passiamo l'ora di arte a scambiarci idee sull'evento.
Con la Frescura, la prof d'inglese, non c'è da scherzare, perché lei è molto piú severa, cosí ci mettiamo tutti attenti. In ogni caso le sue lezioni ci piacciono, perché un sacco di volte hanno come tema le canzoni dei nostri cantanti preferiti: un modo strepitoso per ricordare vocaboli nuovi. Cosí la imploriamo di fare lezione su *Diamonds* di Rihanna. Anche se non la vedo, sono sicura che Francesca ha alzato gli occhi al cielo. Bene. Gongolo.
Poi arriva la Romanelli e inizia un vero e proprio calvario. Prima un'ora di storia e lei, con quella sua voce monocorde, spiega avvenimenti successi secoli fa di cui non frega niente a nessuno, tanto sono comunque morti tutti quanti. Poi epica, una palla mostruosa, con quei versi di cui bisogna sempre fare la parafrasi. Ma io mi domando: non si poteva scrivere in modo normale?
Infine arriva la peggiore: l'ora d'italiano. E ormai siamo tutti in stato catatonico.
Ma la Romanelli ha portato le verifiche corrette della settimana scorsa e all'improvviso l'attenzione si alza. È inutile, il voto desta sempre interesse. Anche perché, diciamolo, a casa ci rompono le scatole proprio su quei numerini. Da lí dipende il nostro futuro in famiglia, tra punizioni, uso del cellulare, uscite con gli amici. Insomma, la nostra vita di adolescenti.
– Per la maggior parte di voi è stato uno sfacelo, – esordisce

la professoressa tirando fuori dalla borsa il plico dei compiti in classe.
Rabbrividiamo.
Pare subito chiaro che qualcuno, a casa, riceverà la sua bella strigliata.
– Non è possibile scrivere ancora in modo cosí infantile in terza media! Alle superiori vi bocciano, lo sapete?
E questo è il benvenuto della Romanelli.
Poi distribuisce i compiti e io rimango con il fiato sospeso. È come il gioco della tombola, ma piú spietato.
– Desiati, – dice. Francesca si alza, con i jeans attillati neri e la maglietta mimetica.
– Tu invece sei stata bravissima, – le dice la Romanelli con gli occhi luminosi. – Hai fatto un'analisi strepitosa del romanticismo, con un taglio interpretativo molto originale.
Il mio disprezzo sale.
La guardo andare alla cattedra tutta soddisfatta e mi piacerebbe tanto farle lo sgambetto. Ci pensa Martina a leggermi nel pensiero, dando un calcio allo zainetto appoggiato a terra, di modo che si trovi proprio sulla sua strada. Francesca inciampa sulle bretelle, rischiando davvero di farsi male, perché queste le si annodano tra i piedi come i tentacoli di un polpo. Per un momento torno la Lavinia di prima, quella che le è amica e le vuole bene, e temo per lei. Ma poi basta che Francesca si rialzi all'ultimo istante, riguadagnando l'equilibrio, e ritrovo tutto il mio risentimento per quella che considero un'ex amica.
– Oh, scusa tanto, – dice Martina, occhi sgranati. – Mi è partito lo zaino.

C'è qualche risata trattenuta, ma Francesca non dice niente, prende il suo compito e se ne torna al posto a occhi bassi.
Anch'io rimango con la testa china sul banco, improvvisamente troppo imbarazzata per affrontare il suo sguardo. È strano, perché Martina ha solo messo in pratica quello che avrei voluto fare io a Francesca, ma c'è una parte di me che si vergogna dei modi.
– Lupi, tieni, – dice la Romanelli, dalla cattedra.
Mi sento come un condannato a morte che va al patibolo. Lo so di non essere una scrittrice, non sono una da parole. E quello era un tema difficile.
– Ecco, tu fai parte dello sfacelo, – conclude la professoressa allungandomi il compito. – Quattro.
Chiudo gli occhi e mi viene da piangere. Quattro è una mazzata.
– Un'analisi piuttosto infantile, Lupi. Senza parlare di qualche strafalcione ortografico che, alla tua età, non ammetto.
– Ma prof... è solo distrazione, – provo a giustificarmi.
– Non mi interessa, – sentenzia lei. – Pretendo piú concentrazione.
Prendo il compito e me ne torno al posto, con un groppo alla gola talmente grosso che mi sembra di essere una rana toro. Passo accanto a Francesca e vorrei strapparle il suo dannato compito, travasare due voti dei suoi e arrivare almeno alla sufficienza. Carla non lo ammetterà mai perché non è una che fa pesare le cose, ma quando vado male in italiano ci rimane malissimo. Lei che è cosí letterata e amante delle belle parole, dei giri di frase che suonano bene, della ricercatezza dei termini. «È cosí bello riuscire a trovare ogni volta la parola giu-

sta, quella che esprime *esattamente* quello che stai pensando» mi dice sempre.
Io la guardo e non capisco tutta questa grande bellezza. Invece Francesca, quando ci frequentava, rimaneva sempre affascinata da questo modo di pensare, lo condivideva fino all'osso e lo vedevo dai suoi occhi che lei e Carla parlavano la stessa lingua.
– C'è una frase di Mark Twain che è fantastica, – ha detto un giorno Carla, mentre eravamo tutte e tre sedute al tavolo della cucina a berci una cioccolata calda.
Io, solo per la citazione, ho alzato gli occhi al cielo. Sapevo che si stava entrando in una zona esclusiva tra lei e Francesca, il loro modo di parlarsi in codice, di emozionarsi per le stesse cose: tutto quello che mi faceva sentire esclusa.
– Sapete vero chi era Mark Twain? – ha chiesto mia madre.
Uno scrittore, ho pensato io.
– Quello che ha scritto *Le avventure di Huckleberry Finn*, – è stata la risposta molto piú puntuale di Francesca.
Carla ha risposto con un sorriso soddisfatto. – Be', – ha continuato, – il signor Twain ha detto che la differenza che c'è tra una parola giusta e una quasi giusta è la stessa che passa tra il lampo e la lucciola. Non è una frase verissima e stupenda?
Io non ho capito che cosa ci trovasse di cosí emozionante. Francesca sí.
Per questo oggi la odio ancora di piú: per il suo otto, che prende a calci il mio quattro.
– Comunque la Romanelli è solo una frustrata, – mi sussurra Martina, una volta tornata al posto anche lei. – E secondo me non è neppure una brava prof.

Sul suo compito svetta un bel sette tutto rosso.
– Ma che vada a quel paese, – rispondo io. – Della sua materia non me ne frega un fico secco.
– E quella là, – continua Martina, indicando Francesca, – è sempre stata la sua cocchina. Facile prendere voti alti quando sei la preferita.
Francesca è sempre stata la preferita di tutti, penso.
«Preferita» è un termine odioso.
– Concentriamoci sulla mia festa, ora, dài, – mi dice suadente Martina.
Sí, è meglio.

FRANCESCA

– Pronto, chi è? – bofonchio al telefono, gli occhi ancora chiusi. Per un attimo non riesco neppure a capire che giorno sia né l'ora, tanto dormivo profondamente. Poi accendo la lampada del comodino e guardo l'orologio: sono le undici e mezza di domenica sera e io ero tra le braccia di Morfeo già da un pezzo. Il libro che ho letto fino a un'oretta fa giace ancora sopra il piumone, vicino a me. Ne approfitto per metterlo a posto.
Dall'altra parte del ricevitore è silenzio. Anzi no, a un certo punto parte una risatina.
– Chi è? – ripeto. Stacco il telefonino dall'orecchio e guardo sul display: c'è scritto *sconosciuto*.
– Chi è? – ripeto.
– Francescaaaa, – dice una voce femminile, in falsetto. La sta camuffando apposta.

– Sei una sfigataaaaa! – dice un'altra, poi scoppia a ridere, seguita da altre voci.
– Dài attacca, attacca... – urla una.
– Aspetta... dammi qui... – dice un'altra.
Si sente un tramestio e poi una poderosa pernacchia.
Risate che si allontanano e la comunicazione viene interrotta.
Appoggio il cellulare e mi gratto la testa. Prima ancora confusa, poi delusa. Infine spengo la luce.
Quelle voci. Io le ho riconosciute una per una.

L'indomani, dopo la scuola, rimango al parchetto con alcuni ragazzi piú grandi. Si sono iscritti da poco ad atletica e mi stanno chiedendo un po' di informazioni sulle gare campestri che iniziano a breve, tipo se bisogna per forza comprare le scarpe chiodate e cose cosí.
Anche se la mia specialità è il salto in lungo, Fabio vuole che partecipi alle campestri, perché dice che alla mia età bisogna sperimentare un po' tutto. E poi la corsa sullo sterrato fa bene alle articolazioni.
In ogni caso a me piacciono proprio le campestri, soprattutto quando piove e ci si infanga tutti. È un po' come tornare bambini, quando sporcarsi era il massimo. Un paio di chilometri corsi a bomba, con l'aria fredda che ti buca i polmoni, dopo averti raschiato la gola; l'adrenalina di sorpassare sul sentiero, di non farsi superare; non mollare mai; arrivare sfiniti al traguardo, con le gambe che bruciano. Avere la certezza che se avessi corso solo un metro in piú saresti morta.
Sono particolari che a me divertono sempre. E arricchiscono.
Ogni volta una nuova sfida.

Mentre sono lí che spiego ai ragazzi le modalità del circuito off-road, passano davanti a me le solite Martina & *the Chicks*, che evidentemente si sono attardate anche loro prima di tornare a casa.
C'è anche Lavinia, ovvio.
Da quando ci siamo perse non riesco piú a chiamarla Lavi. Pazzesco come un nome per esteso cambi la prospettiva di un'amicizia. Questo l'avevo già capito con mia madre: sempre «Franci» o addirittura «Franceschina», quando era arrabbiata diventavo improvvisamente «Francesca», con quella erre arrotata che faceva presagire guai.
In ogni caso, faccio finta di niente ma mi accorgo che parlottano guardandomi a turno, come fosse una staffetta della spettegolata. Le sento ridere con le vocette acute e sciocche. Come quelle della notte scorsa, per dire.
A volte vorrei essere piú sfacciata e non avere il carattere che mi ritrovo: mi piacerebbe per un momento dare fondo a tutte le volgarità e rovesciarle addosso a quelle lí. Come sarebbe liberatorio alzare un bel dito medio come fanno i maschi, sfoggiando la stessa leggerezza!
Adoro la disinvoltura dei maschi. Mi piace un sacco averli come amici perché con loro si parla chiaro, non ci sono non detti. Un sí è un sí; un no è un no. Difficile che si nasconda altro.
Una volta Lavinia era come me, per questo ci volevamo bene. Poi lei è diventata come *loro*. Come le *Chicks*.
Rimango ancora un po' al parchetto e infine mi avvio verso casa, tanto sono sola con Lucia a mangiare e l'idea non mi piace per niente.

Mentre cammino portando la bici a mano, mi sento chiamare da una voce calda, amica, ma che non sento da tanto, troppo tempo. Mi giro.
È Carla, la mamma di Lavinia.
La tentazione di montare in sella e spingere sui pedali come una locomotiva è forte.
Ma non lo faccio, anche se continuo a domandarmi: e adesso che cosa le dico, santo cielo?
– Ciao, Carla...
Mi fermo sul marciapiedi, sperando che il nostro incontro si risolva con un saluto fugace. Ma non ho fatto i conti con il rapporto che ci ha sempre legato, lo stesso che adesso, dopo che lei si è avvicinata a me, ci fa rimanere una di fronte all'altra, emozionate e confuse.
Ci sorridiamo timide.
– Sei... sei diversa, – mi dice alla fine, passandomi delicatamente una mano sulla chioma corta. I miei capelli accarezzano la pelle tra le sue dita. Quel gesto cosí tenero, quel tocco inaspettato, mi fa quasi scoppiare a piangere. Riconosco il vecchio profumo di casa Lupi e subito cerco di scacciare la sensazione di abbandono con cui ho dovuto combattere in queste settimane.
Oddio, come mi manca quella casa.
– Sí, li ho tagliati, – rispondo, scompigliandomi il ciuffo davanti. – Avevo voglia di cambiare.
Lei mi sorride. – Di solito, quando una ragazza si taglia i capelli è perché è cambiata dentro.
Arrossisco.
Tutte e due sappiamo benissimo che prima o poi ne parle-

remo, ma ci stiamo studiando, forse per capire chi lo farà per prima.
– Che stai leggendo di bello? – mi chiede poi.
– *It*, di Stephen King, – dico.
Lei pare sorpresa. – Hai pure cambiato generi di lettura.
Faccio spallucce. – Non va bene? – chiedo.
– No, anzi. Anch'io l'ho amato molto, – risponde.
– Ah, l'hai letto?
– Sí. Trovo sia stato relegato per troppo tempo nella letteratura di genere...
Attendo che finisca. – Ma...?
– Ma non avevi mai letto horror fino a ora, – continua lei. – Mi sembravi piú un tipo da romanzi realistici. Forse mi sbagliavo.
In realtà non si sbagliava. Sono sempre stata appassionata di storie vere. Ma Stephen King ora *mi serve*, capisci, Carla? Sento dentro di me qualcosa di cattivo che ha bisogno di uscire: quindi credo sia meglio che li legga, i mostri, piuttosto che iniziare a far parte anch'io della categoria.
– A me piace, – mi limito a ripetere.
– Io sono una sua fan sfegatata, – dice lei. La guardo con occhi riconoscenti. – Non ho mai trovato nessun altro scrittore che descriva l'infanzia come lo fa lui, – continua.
Mi entusiasmo subito, presa dal discorso. In un attimo la conversazione è diventata «una delle nostre», di quelle che ci faceva parlare per ore di un libro.
– Hai ragione! Ed è pazzesco come la dolcezza delle pagine che riguardano i ragazzi e le loro vite vada ad attorcigliarsi con la brutalità dei fatti che gli capitano, – dico.

Carla annuisce. – Stephen è un genio assoluto.
– Un idolo, – concludo io.
Sorridiamo.
– Appena finisci *It*, devi assolutamente prendere *Stagioni diverse*, sempre di King. È una raccolta di racconti, tra i quali c'è *Il corpo*, da cui hanno tratto il film *Stand by me. Ricordo di un'estate*: credo ti piacerà.
– *Ricordo di un'estate*... – ripeto, e intanto annoto mentalmente.
– Si parla di amicizie indissolubili, di quelle che iniziano quando si è ragazzini e che, negli anni, si rivelano le piú vere, quelle che ci si porterà dietro per una vita intera.
Mi sento avvampare e, nello stesso istante, le sue parole mi scavano un bel buco dentro.
È tutto, ma basta a farmi salire il magone.
Rimaniamo un lungo istante a guardarci, mentre cerco di sciogliere quel nodo pazzesco incastrato in gola.
– Era da tanto che non ci vedevamo, eh, Franci? – dice Carla.
Lei mi chiama ancora Franci, ed è bellissimo. E intimo.
– Già, – rispondo io.
Oddio, quanto mi sei mancata, Carla.
In quel momento sentiamo avvicinarsi un suono da lontano, che pian piano si rivela essere un rap pieno di rabbia. Man mano che la musica si fa piú alta, scorgo le persone che stanno ascoltando quelle note spacca-timpani. È un gruppo di ragazzi. Alcuni hanno la bici, uno addirittura si fa tirare da un altro in motorino. Riconosco subito Argentesi. Nonostante stia percorrendo la via a tutta velocità, trainato dal ragazzo in moto, si volta per un istante e mi riconosce, ma non mi saluta.

Ci scambiamo un rapido sguardo, poi vedo pure Pusiani. In quel preciso istante ricordo la storia di un mese fa, della scuola allagata, di loro che l'hanno fatta franca anche per colpa mia. E realizzo che in questo momento, nella mia vita, ci sono un po' di cose irrisolte che non mi fanno stare bene. Io cerco di vivere lo stesso, di insabbiarle, ma poi da qualche parte sbucano fuori da terra, come zombie.

– Li conosci? – mi chiede Carla, quando il gruppo sfreccia via.

– Mmm, solo di vista, – minimizzo.

Rimaniamo una di fronte all'altra ancora un po', cercando di capire se abbiamo ancora qualcosa da dirci, qualcosa di non troppo scomodo. Ho un'incredibile voglia di continuare a parlare con Carla, ma nello stesso tempo temo la piega che può prendere la conversazione.

– Be', allora ci vediamo, – dico, montando in sella.

Lei appoggia una mano sul manubrio, dove c'è la mia. – Franci...

La guardo. No, Carla, non chiedermi nulla, ti prego. Non chiedermi il motivo di qualcosa che non so nemmeno io, non costringermi a pensare ancora, a domandarmi perché succedono queste cose da un momento all'altro: come può un'amicizia che è quasi un amore trasformarsi in un mostro indifferente e rancoroso.

– Non vuoi proprio dirmi che cos'è successo tra te e Lavinia? – mi fa.

Io tengo gli occhi incollati sui pedali. Non riesco a guardarla.

– Siete tutte e due cosí... sfuggenti, – continua lei.

Alzo impercettibilmente le spalle per farle capire che sto sentendo quello che dice, ma non rispondo.

– Ehi, – dice infine, sollevandomi il mento con delicatezza.
Alzo la testa, ma i miei occhi testardi si rifiutano di guardarla. Credo sia il cuore a ordinarglielo.
– Non voglio obbligarti a dire o fare nulla, – dice con voce calma. – Ma ci tengo a farti sapere che per me tu sarai sempre Francesca, la ragazza speciale. La mia casa è sempre aperta, per te.
Chissà che effetto buffo devo farle con le pupille puntate in basso, tutte appannate di lacrime.
Annuisco. – Okay. Ciao, Carla.
Mi alzo sui pedali e spingo forte per prendere subito velocità. Ora ho solo voglia di tornarmene a casa e l'idea di pranzare con Lucia diventa quasi sopportabile.

Allora vai senza perdere altro tempo, vai veloce mentre l'ultima luce si spegne, vattene da Derry, allontanati dal ricordo... ma non dal desiderio. Quello resta, tutto ciò che eravamo e tutto ciò che credevamo da bambini, tutto quello che brillava nei nostri occhi quando eravamo sperduti e il vento soffiava nella notte. Parti e cerca di continuare a sorridere. Trovati un po' di rock and roll alla radio e vai verso tutta la vita che c'è con tutto il coraggio che riesci a trovare e tutta la fiducia che riesci ad alimentare. Sii valoroso, sii coraggioso, resisti. Tutto il resto è buio.

Chiudo l'ultima pagina del libro che è quasi il tramonto. Mi ci sono tuffata subito dopo pranzo e non l'ho mollato piú. Oggi è una di quelle giornate in cui, ancora piú degli altri giorni, devo ringraziare l'esistenza dei libri, con la loro capacità di ovattarmi la vita e alleggerirmi il cuore. Meglio di una medicina.

Vado alla finestra e, come sempre capita quando termino un libro che mi ha assorbito, mi crogiolo nella sensazione di piacere misto a tristezza e solitudine. Ho bisogno di rivivermi in testa tutta la storia, riassaporarla dopo averla ripercorsa passo dopo passo, magari rileggendomi gli stralci piú belli, quelli che ho segnato con delle orecchie in alto sulle pagine. Ultimamente, poi, mi piace andare su Internet e leggere tutto ciò che riguarda l'opera, le interviste allo scrittore, le curiosità e i retroscena. Mi piace impossessarmi cosí tanto della storia, quasi come se l'avessi scritta io.

È il mio modo per prendere piano piano le distanze, riappropriarmi della mia vita, non avere piú quella sensazione di abbandono che mi hanno lasciato i personaggi, andandosene via con l'ultima pagina del libro, come un gruppo di ospiti che se ne va dopo cena, chiudendo piano la porta. E ci vuole un po' prima che riesca a tuffarmi in un altro libro, ci vogliono testa e cuore sgombri, o perlomeno pronti ad accogliere una storia nuova, personaggi sconosciuti, case vergini.

È un po' come quando ti muore un animale cui eri affezionato: sai che prima o poi ne prenderai un altro, perché senza non riesci a stare; ma nello stesso tempo devi far trascorrere un po' di tempo per attraversarti tutto il lutto.

Quindi sto qui, alla finestra, e come un gatto indolente guardo quello che capita fuori: una mamma che cammina con il figlio nel passeggino, alcuni ragazzini che corrono, un uccellino appollaiato sull'albero di fronte, un aereo che passa.

Poi mi soffermo sulla finestra del nostro nuovo vicino, il Giapponese, e rimango colpita dal suo stendibiancheria, con gli indumenti appesi sempre in modo ordinatissimo. Sembra quasi che siano stati messi in gradazione cromatica. Chissà quanto tempo gli occorre per stendere a quel modo. Tutt'altra cosa rispetto allo stendino di mamma. Ce l'ho ben presente, io, mentre schiaffa veloce l'indumento sul filo, appioppandoci a caso una molletta o due, tanto per preservarlo dal vento.

Bip bip, bip bip. Il suono della chat del telefonino mi richiama e mi avvicino a controllare chi è.

Nessuno in particolare.

O meglio, è un intero gruppo che mi ha aggiunto alla sua conversazione. Credo per sbaglio, perché quando leggo per esteso il nome del gruppo rimango prima confusa poi sbigottita: «Abbasso Francesca Desiati».

Pian piano mi compaiono i nomi dei componenti, una sfilata di numeri noti.

Elisa: *Allora hai deciso dove farai la festa, Marty?*

Martina: *Certo che sí. Prima però andiamo al cinema. Un gruppetto ristretto, tipo noi sei.*

Carolina: *Poi?*

Martina: *Poi andiamo a mangiare la pizza alla Buca di Fra Cristoforo: i miei mi hanno detto che posso invitare chi voglio.*

Lavinia: *Quindi chiami tutta la classe?*

Martina: *Ma sei fuori?! I maschi di sicuro no, mi stanno troppo sulle scatole. E poi farebbero troppo casino.*

Valentina: *Già. Come minimo ti farebbero fare una figura di emme in pizzeria.*

Martina: *Idioti.*

Lavinia: *Be', perché cosa vogliamo dire delle femmine? Già sai a chi mi riferisco.*

Martina: *Chi, quella zoccola? Quella è la prima che faccio rimanere a casa.*
Lavinia: *Te ne sono infinitamente grata.*
Martina: *Ma figurati. Lo sai che non l'ho mai sopportata.*
Elisa: *A parte che continua a fare la scema con quello di atletica. Com'è che si chiama?*
Lavinia: *Lorenzo...*
Elisa: *Lui.*
Martina: *Se è per questo sta sempre con i maschi, anche quelli piú grandi di lei. Il fatto di giocarci assieme a calcio è solo per mettersi in mostra, logico.*
Lavinia: *Sarebbe da lei, in effetti. La finta amica...*
Valentina: *Ma chi si crede di essere?! Sempre sulle sue. Pensa di essere cosí superiore?*
Lavinia: *Sí. Ti assicuro di sí.*
Elisa: *Ma si è vista?! Sfigata...*
Martina: *Spero proprio che venga a sapere che è l'unica ragazza a non essere stata invitata alla mia festa.*
Elisa: *Tranquilla, lo verrà a sapere. Farò in modo che se ne parli dappertutto.* Faccine con risata.
Martina: *Brava. Conto su di te.*
Lavinia: *Le starebbe proprio bene.*
Carolina: *Be', magari va a consolarsi con qualche maschio, ahahahah!*
Seguono, da parte di tutte, tante faccine di risate con lacrime.
Valentina: *Hai già pensato come vestirti, Marty?*
Martina: *Andrò a comprare qualcosa con mia madre, ora vedo. Di sicuro il parrucchiere è già prenotato. Vi aggiornerò.*

Seguono tante faccine con il bacino.
Lavinia: *Oh, ragazze, io devo andare.*
Valentina: *Pure io. A domani!*
Martina: *Baciotti.*
Elisa: *Bai bai.*
Carolina: *Ciauz!*
Scorro il menu a tendina e seleziono «abbandona il gruppo», poi chiudo il programma della chat con il cuore che ancora mi batte forte e un sapore di rancido in gola.
Se avessi Lavinia davanti a me in questo preciso istante... no, non posso nemmeno dire che cosa le farei, perché la mia rabbia è talmente devastante da farmi male.
Non c'è proprio nulla da salvare tra me e lei.
Mi siedo sul letto e continuo a guardare il pavimento.
Come ha potuto?
Come ha potuto sprofondare in queste bassezze, diventare cosí... cosí brutta?!
Non mi ha difeso una sola volta, anzi. È stata lei a fomentarle, lei che ha pungolato Martina per non farmi invitare.
Non che volessi andare, ma è il concetto a ferirmi a morte.
– Ma chi se ne frega della loro merdosissima festa! – urlo.
Invece di calmarmi, mi sto caricando sempre di piú, la rabbia verso Lavinia mi toglie qualsiasi capacità di ragionare. Mi volto di scatto verso il cuscino e comincio a prenderlo a pugni, grugnendo di rabbia; poi afferro alcuni peluche che giacciono inermi sul letto e li scaravento per tutta la stanza.
– Sei una stronza, io ti volevo bene! – urlo, con le lacrime che mi rigano il volto.

Non riesco a capire se mi sento piú umiliata o arrabbiata.
La odio, ora la odio con tutte le mie forze e vorrei solo che soffrisse piú di me. Vorrei che stesse male, che piangesse, che si pentisse di tutto.
Corro alla scrivania e comincio a rovistare nel cassetto in modo frenetico. Trovo la scatola contenente tutte le foto degli ultimi due anni. Alzo il coperchio e spargo il contenuto per terra; prendo un paio di forbici e mi accuccio, studio ogni singola immagine.
Non appena salta fuori una foto di me e Lavinia, o solo di Lavinia, taglio via la sua sagoma.
Pian piano il pavimento diventa un mosaico di ritratti bucati e, dentro la scatola, si ammassano le silhouette di Lavinia in varie espressioni: lei sorridente, lei che fa l'occhiolino, che beve un bicchiere di Coca, che abbraccia qualcuno, che fa la verticale contro un muro, che svolazza su un'altalena, che gioca a calcio, che bacia Byron, che fa la «V» di vittoria con le dita, che fa una linguaccia, vestita da vampira, da cinesina, che spicca un salto in aria, che corre in pantaloncini, che morde una medaglia, che fa il broncio, che si copre per non farsi fotografare, che fa gli occhi storti.
Tagliuzzo lei, noi, la nostra storia. Uso la lama della forbice per sfilettare via Lavinia dalla mia vita.
Ma ancora non basta, e allora prendo a tagliuzzare le stesse sagomine, a farle in tanti piccoli pezzetti. Magari poi gli do pure fuoco, penso.
Ma ancora non basta.
E allora mi fermo, ansimante e sudata.
Forse non è sufficiente tagliarla via.

Io voglio davvero che sia ripagata della sua stessa moneta.
Voglio che soffra come sto soffrendo io, io che mi sento pazza di dolore.
E allora arriva il momento che butto via le sagome, le foto bucate, le forbici e mi metto alla scrivania a pensare.
In modo metodico.
A pensare.
Senza troppi subbugli dell'animo.
A pensare...
Mentre mi calmo, via via vedo tutto piú lucido.
Respiro.
La calma è necessaria per costruire la vendetta: l'ha detto qualcuno, ma non ricordo chi.
Poi sento il cellulare squillare e compare il nome di Enea. E basta! Cosa vuole, ancora?
Poi penso che è da un sacco che non lo sento. Realizzo solo ora che non lo vedo neppure ad atletica, che a scuola se ne va via subito dopo la campanella, che non so piú niente di lui, ormai non ci parliamo piú.
Neppure con lui.
Perché le amicizie mi stanno sfuggendo di mano?
Intanto il cellulare continua a suonare e la scritta *Enea* si illumina a intermittenza.
Da quant'è che non parlo con lui? Da quel giorno della faccenda di Argentesi. Argentesi...
Il suono invadente della suoneria cerca di distogliermi dai pensieri, ma ormai è scattato qualcosa.
Argentesi!
Schiaccio il tasto rosso e rimbalzo la chiamata di Enea.

Lo sentirò un'altra volta, mi dico.
Ora ho in testa solo Lavinia.
È lei il mio obiettivo.
E, davanti a me, c'è una lunga e provvidenziale domenica.

Capitolo 4

Vendicative,
come la Fata Morgana

LAVINIA

Mi sveglio con una sensazione di umido e ruvido sul viso e sussulto: è Byron che è venuto a svegliarmi. Credo abbia fame. Strano, perché di solito la mamma lo rimpinza per bene non appena si alza. E lei di solito si alza presto, anche di domenica.
– Arrivo, cane, – gli dico, accarezzandogli il pelo.
Byron si accuccia accanto a me e si lascia coccolare.
Rimaniamo cosí per un bel po', io con gli occhi incollati al soffitto: sento che non sto per niente bene.
Ho qualcosa di rotto dentro. Una crepa, credo.
Forse qualcosa di sporco, che mi appanna.
Mi vergogno, ecco cosa c'è. Perché ho esagerato. Sí, io e le altre abbiamo esagerato con Francesca, bisogna dirlo. Prima gli scherzi telefonici, poi il tentativo di emarginarla. Ma quando Martina propone qualcosa contro Francesca, mi è difficile dire di no. Non voglio far ricadere la responsabilità su Martina, ma è come se si fosse creato un gioco perverso tra lei, me e Francesca. È come se loro due avessero giocato al tiro alla fune, e la fune ero io.

Poi però anch'io sono diventata cattiva, da quando ho visto Francesca assieme a Lorenzo che, lo ammetto, mi piace sempre da morire. Sono io che ho proposto scherzi perfidi.
Ma questa volta abbiamo esagerato e 'sta crepa è dura da riappiccicare.
Appoggio le braccia sul viso e me lo copro, come per nascondermi dalla mia stessa vergogna. Mi viene solo da piangere.
È questo sentirsi delusi da se stessi?
Byron deve avere avvertito il mio stato d'animo, perché torna a leccarmi le braccia.
– Sí, cane, ora andiamo.
Non appena mi alzo si mette a scodinzolare e mi guarda con quei suoi occhi liquidi. Io gli sorrido e sollevo la mano oltre la sua testa: Byron si siede, docile, e io lo ricompenso con una carezza sulla testa.
Ha imparato a sedersi a comando. Bravo il mio piccolo peloso.
Improvvisamente mi viene in mente la frase di Francesca di alcuni mesi fa: «Ti prego, promettimi che gli insegnerai a fare il morto dopo aver detto *bang*!»
E ritorno tristissima.
In fin dei conti che cosa mi aveva fatto, Francesca?
Okay, ho visto delle foto con lei e Lorenzo, e allora? Magari mi sono fatta prendere un po' e ci ho ricamato sopra. Non c'era nulla di certo.
Mi torco le mani nervosa. Ho bisogno di parlare con qualcuno, anche se Byron sta reclamando la sua pappa in soggiorno.
Prendo il telefono e faccio il numero di Enea: è l'unico che

conosce bene sia me che Francesca. Forse lui saprà dirmi cosa fare.
– Pronto, Enny?
– Che c'è? – mi chiede, secco.
Rimango spiazzata, perché di solito Enea è sempre molto gentile.
– Ehm... magari stavi ancora dormendo...
– No. Ero sveglio.
– Ah.
Non mi invita a parlare, quindi che faccio?
– Avrei bisogno di fare due chiacchiere... possiamo? – chiedo, con voce supplicante.
– Ah, adesso vuoi fare due chiacchiere, tu, – sbotta. – La tua ex amica invece non mi risponde neppure. Quando chiamo io, nessuna mi risponde, ma io devo essere a vostra disposizione quando avete le paturnie. Sapete che cosa vi dico? Che sono cavoli vostri, non sapete fare altro che pensare a voi stesse. Ti saluto.
E riattacca.
Fisso il cellulare, incredula. Sarà meglio che dia retta a Byron...

Papà e mamma hanno portato Matilde al cinema, poi a mangiare la pizza. Io non ne avevo voglia e ne ho approfittato per rinchiudermi nel mio guscio. Trascorro il pomeriggio in completa apatia, una di quelle domeniche lunghe e uggiose, che espandono la loro umidità anche nelle persone.
Una di quelle domeniche invise ai genitori per la totale nullafacenza.
Guardo un po' di televisione, ascolto la musica, mi butto sul

letto, faccio i compiti rimasti, mi metto lo smalto di mamma sulle unghie dei piedi. Ma niente, questo pomeriggio fa fatica ad andarsene.
Cerco di immergere la mente in una bacinella di latte, di togliere i colori forti ai pensieri, ma è difficile.
Oscillo tra mille stati d'animo, sbuffo per questo senso di irrisolto, per la fatica che si fa. Niente è piú chiaro, niente è bianco o nero. Tento ancora di darmi delle giustificazioni, di dirmi che in fondo Francesca si meritava tutto, che alla fine un po' smorfiosa lo è, ma non regge, perché dopo una mezz'ora, dopo che ho cercato di assolvermi, serpeggia di nuovo, feroce e tagliente, il senso di colpa.
È normale sentire il cuore strizzato come una spugna?
Prendo il cellulare e scorro la conversazione della sera precedente. L'abbiamo chiamata pure zoccola, l'abbiamo.
Scuoto la testa, incredula. Come ho fatto? È come se mi fossi svegliata dopo una sbronza e non mi ricordassi le cose successe la notte prima. Non che io sappia come ci si sente dopo una sbronza, sia chiaro. Ma l'ho visto nei film.
Com'è possibile essere arrivate a questo punto? Odiarci cosí? Insultarci in questo modo? Tradirci? Tradire quello che siamo state?
Ma non faccio neppure in tempo a pentirmi per bene che arriva la mazzata. C'è sempre qualcosa che fa sprofondare tutto in modo irrimediabile. È tipo una legge.
Succede che, mentre rileggo i messaggi scambiati con Marty, Elisa e le altre, venga fuori, proprio alla fine, una dicitura che mi trafigge come una stilettata, perché capisco che è la fine. C'è scritto: *il numero 33176... ha abbandonato la conversazione.*

Ancora non del tutto certa dell'irreparabile, mi aggrappo con le unghie alla speranza di sbagliarmi; ma quando apro la rubrica del telefono e vedo che quel numero corrisponde al cellulare di Francesca, ho la certezza di vivere in un incubo.
– Ha letto tutto... tutto quanto... com'è possibile? – sussurro tra me.
È stata aggiunta per sbaglio al gruppo, che per di piú si chiama «Abbasso Francesca Desiati»! Cretina, sono una cretina.
Sono stata io a crearlo, questo gruppo; ho intriso le mie dita di tutto il rancore di cui ero capace e ho digitato quel nome odioso.
Che devo fare? Perché nessuno mi dice cosa fare, mi mostra una via da seguire, un comportamento giusto da tenere? Da piccola ti insegnano a dire «per favore», a ringraziare, a salutare le persone, a chiedere scusa.
A chiedere scusa!
Forse è tutto lí il segreto? Non perdere mai di vista le cose che ci insegnano da bambini, piccoli lasciapassare per la vita da grandi? Sono questi i salvagenti cui aggrapparsi quando sei sballottato nel mare dei (quasi) adulti?
Raccolgo tutto il mio coraggio e tocco il numero di telefono di Francesca. Sento il cuore nelle orecchie, nella pancia: rimbomba dappertutto. C'è un attimo di attesa infinita, dove la chiamata è persa nell'etere delle comunicazioni. Squilla? Non squilla?
Non squilla. E parte pure la segreteria telefonica.
– Dài, Franci, rispondi...
Provo di nuovo e ancora buca. Ha il telefono staccato. Guardo

l'orologio: sono le nove di sera. Ho ancora un'oretta per provare a parlarle, poi dovrò rimandare a domani i chiarimenti.
Di colpo divento irrequieta, scalpito, non so piú dove stare. Tutto mi dà noia e vorrei solo sentire la voce di Francesca. Accarezzo pure l'idea di correre da lei e parlarle di persona, ma un po' l'orario, un po' il fatto che mamma e papà devono ancora tornare e un po' la paura di un confronto dal vivo, desisto e provo a chiamare a intervalli di dieci minuti.
Niente.
Allo scoccare delle dieci, momento in cui torna il resto della famiglia, mi arrendo e spengo anch'io il cellulare.
«La prenderò da parte domani mattina, – dico tra me, mentre infilo il pigiama. – Non mi importa se le altre commenteranno, non mi importa se a Martina darà fastidio. Lo farò e basta».
Con questa convinzione nell'animo, mi ficco sotto le lenzuola e spero che queste ore trascorrano in fretta e arrivi presto il lunedí. Nonostante tutto, nonostante questa giornata strana, trascinata, adesso mi sento con un'improvvisa carica e una voglia di incontrare Francesca con occhi nuovi. Metterle a nudo il cuore. Tornare a parlare assieme.
Dopo parecchie settimane, mi sento a posto.

E niente, non ho quasi chiuso occhio per tutta la notte.
Continuavo a guardare la sveglia e contare le ore che mi separavano da questo importante lunedí. Byron è stato sempre al mio fianco, avevo bisogno di un corpo caldo vicino.
Byron è l'unico qui a casa che sa quando lasciarmi in pace e quando esserci. E poi lui non mi chiede mai niente, lascia

che sia io a decidere quando aprirmi. Per questo amo la sua compagnia, soprattutto adesso.
Mi infilo i primi vestiti che trovo sulla sedia, credo siano di ieri ma chi se ne importa, cambio solo la maglietta e filo in soggiorno, con lo zaino già sulle spalle. Piú mi muovo in fretta e piú mi viene da accelerare i gesti, i passi. Come se fossi tornata a correre veloce in pista.
Byron scodinzola emozionato, come se percepisse il mio stato d'animo. Mi chino e gli stampo un bacio sulla testolina ruvida e lui mi ricambia con una nasata umida sull'orecchio.
Nessuno si è ancora alzato, la casa è silenziosa. Deve essere davvero presto. Neppure papà è uscito, lui che è il lavoratore indefesso per eccellenza.
Nonostante la notte in bianco ho un'energia addosso da smuovere l'intera casa. Cosa ci sto a fare ancora qui dentro? Basta, mi prendo una brioche nella credenza ed esco. Ho voglia di aria, ho bisogno di uscire. Ieri non ho messo il naso fuori dalla porta per tutto il giorno.
Ieri.
Mi viene in mente che era la prima giornata del circuito di corsa campestre. Di sicuro Francesca avrà partecipato, a lei piacciono queste corse tutte fangose, le sono sempre piaciute. Che strano, mi stanno venendo in mente tutte le cose che piacciono a lei, proprio ora, e mi viene da sorridere.
Mi perdonerà, sono sicura che Franci mi perdonerà. Le dirò che ci sono stati dei fraintendimenti, tra noi due, parleremo e ci chiariremo. Anche Carla dice sempre che parlare è il segreto per far durare i rapporti, di qualsiasi genere.
Poi mi illumino, agitata dalla mia stessa idea: perché non

andare *ora* da Francesca! Ma sí! È presto, e io ho un bisogno disperato di lei. Perché aspettare quando siamo a scuola?!
È un attimo: prendo la bici in garage e pedalo fino a casa sua. Arrivata davanti al portone, però, tutto lo slancio di poco prima scema in un colpo. Perché è solo quando mi trovo di fronte a casa sua che mi rendo conto *davvero* di cosa significa chiedere scusa a Francesca.
Magari non mi vuole neppure parlare. Magari è talmente arrabbiata che non vuole sentire ragioni. Magari non gliene frega piú nulla di me e della mia amicizia...
Sento un rumore alla mia destra e vedo che, nella casa accanto, c'è un nuovo inquilino che non avevo mai visto.
Sembra straniero. È alla finestra e mi sta guardando. Non capisco se sta sorridendo a me o se il sorriso che ha stampato sul viso è proprio la sua espressione usuale.
Mentre sono qui che lo osservo, si apre la porta di casa di Francesca e mi trovo di fronte a lei, senza nessun preavviso. Ci guardiamo, tutte e due sorprese. Ma forse lei lo è piú di me.
Che voglia di saltarle al collo e abbracciarla.
– Ciao, – le dico, semplicemente.
Lei non risponde e mi viene incontro.
È pallida, ha gli occhi pesti. Sembra quasi che a non dormire sia stata lei.
– Volevo parlarti, – aggiungo. – Ti va se andiamo a scuola assieme?
Lei annuisce, ma continua a fissarmi con aria preoccupata. Se non ci fossero solo otto gradi, direi che sta sudando sotto il giaccone.
– Voglio *solo* parlarti, – specifico. – Chiarirmi con te.

– Va bene, – sussurra.
Prende la bici e ci incamminiamo assieme. Noto però che fa fatica a guardarmi, come Byron quando gli prendo il musetto tra le mani e lui guarda dappertutto fuorché nei miei occhi. Ho sempre amato la timidezza dei cani.
Ma Franci sembra davvero scossa e do subito la colpa ai messaggi che ha letto per sbaglio.
– Senti, so tutto, – esordisco, fermandomi di colpo.
Lei sgrana gli occhi.
– So che hai letto tutti i messaggi che ci siamo scambiate io, Martina e le altre, – aggiungo. – Non so perché sei stata aggiunta al gruppo. E comunque mi dispiace, siamo state davvero delle stronze.
Continua a fissarmi, pallidissima, tanto che temo stia male. Penso che sia arrabbiata, che faccia fatica a trattenersi, allora tento di convincerla che le mie intenzioni sono sincere.
– Franci, è successo qualcosa a settembre, a mio avviso una serie di fraintendimenti, dimmi tu se sbaglio.
Sta fissa, ferma, impalata. Ma che cos'ha, santiddio?
– Posso dirti quello che è successo nella mia testa, ma tu devi dirmi cos'è passato nella tua. Capisci?
Stringe la mascella, nervosa.
Le prendo pure la mano: è gelata e sudata allo stesso tempo.
– Quando ero in vacanza in Sardegna ho sofferto come un cane per non essere con te allo stage di atletica, – le dico. – Non facevo altro che pensarci, era un martello, Franci. Poi non so, magari è stata la lontananza che ingigantisce tutto, ma quando mi hai mandato la foto di te e Lorenzo ho pensato... be', ho pensato che ci fosse qualcosa tra voi.

Lei scuote la testa. – Ma no! Ti sbagli! – urla. – A me di Lorenzo non è mai fregato nulla, se non come amico! E le foto te le ho sempre mandate per farti sentire vicina a noi, te lo giuro!
Io annuisco e vedo la sua sincera disperazione negli occhi. Sembra straziata. Per la prima volta capisco che enorme sbaglio siano stati questi mesi, quante cose non dette, quante cattiverie gratuite.
– Io ti credo, ora, – le dico. E le sorrido.
Ma Franci sembra ancora dilaniata, non riesce a darsi tregua. Non capisco cos'abbia, vorrei abbracciarla per farle capire che siamo sulla buona strada per la nostra guarigione di amiche, ma lei sembra in preda a una crisi di nervi.
– Franci, dài, andiamo a scuola e non pensiamoci, – propongo. – Si fa tardi.
Mi incammino, la bici a mano. Ma lei non si muove.
– Franci, ma che fai? – le chiedo.
Intanto si sente la campanella suonare.
– No, Lavi... no! – mi urla.
Mi volto.
– Lavi, rimaniamo fuori, oggi. Ti prego, – mi implora. Sta quasi per mettersi a piangere.
– Franci, ti prometto che parlerò anche con Martina e le altre, – le propongo e intanto mi incammino verso l'entrata. – Sta' tranquilla, ci chiariremo.
– Ma non è quello! – urla. E intanto butta la bici a terra e mi rincorre, tirandomi per un braccio. – Non entrare.
La guardo: è sconvolta. Sta piangendo e scuote la testa.
Intanto, dalla scuola, si sente un baccano incredibile, piú

forte del solito. Risate, urla. E mi chiedo cosa stia succedendo.

Un gruppo di studenti si affaccia a un finestrone, mi addita e scoppia a ridere.

– Vieni, vieni dentro, Lupi! – mi urla Davide, terza A.

– C'è un sorpresone per te! – grida un altro.

Il preside si affaccia a sua volta e trascina dentro i ragazzi uno a uno, sgridandoli. Poi guarda in basso e mi chiama dentro.

– Lupi, entra a scuola, per favore.

– Ma cosa... – dico, confusa.

Sono tutti pazzi?

Mi volto verso Francesca, per cercare sostegno, ma è come se non ci fosse, anzi, è fuori di sé: continua a scuotere la testa, ora ha pure le mani sulla faccia e ripete: – Oddio, che cos'ho fatto... cos'ho fatto...

Un presentimento si fa strada, subdolo.

Decido di entrare, ma sulla porta trovo Martina ed Elisa. Martina indica Francesca, dura. – Dieci a uno che è stata lei. È una strega, peggio di quel che pensassi.

– Ma cosa c'è?!! – urlo infine anch'io, esasperata.

Spingo da parte Martina. Entro.

E mi sento morire.

Non è piú la scuola statale Parini. È una galleria degli orrori, dove il bersaglio sono io.

Dappertutto, sui muri dei corridoi, sulle porte delle aule, sulle bacheche delle bidelle, sulle ante degli armadi della sala professori, ci sono cartelloni con foto mie e di Lorenzo.

Lavinia Lupi ama Lorenzo Tagliavini, liceo scientifico. Ma lui non se la fila di striscio.

Anni a provarci al campo di atletica, ma Lavinia Lupi è trasparente agli occhi di Lorenzo.
Lavinia Lupi sbava dietro a Lorenzo Tagliavini.
Lavinia Lupi è disposta a tutto per Lorenzo Tagliavini, anche a fare la stronza con le amiche.
Ogni frase che leggo è una fucilata. I miei occhi guizzano veloci a leggere il cartellone successivo, con smania masochistica. Nello stesso tempo, però, temono quello che troveranno.
Tra un cartellone e l'altro ci sono frecce rosse a indicare un percorso guidato fino alla mia classe.
Anche se la tentazione è di voltarmi all'istante e correre via, cammino lenta, incedo tra due ali di folla composte da alunni che sghignazzano e professori che parlottano tra loro preoccupati.
Tutti aspettano la mia reazione, vogliono vedere se piangerò o se farò una scenata isterica.
Intanto mi limito ad avanzare verso la mia aula.
A un certo punto mi viene incontro pure il preside, che ha l'aria piú costernata della mia. – Mi dispiace per tutto questo, Lavinia... Non so che dire... Non so come abbiano fatto a entrare, – dice. – Ti prometto che troveremo il colpevole.
Avanzo in stato catatonico, lo oltrepasso e finalmente entro nella mia aula.
Un pugno in faccia. *Bam!*
Lí, sulla lavagna, formato gigante, c'è un altro cartellone con altre immagini mie e di Lorenzo. E la frase: *Lavinia Lupi: ti piacerebbe, eh? Peccato che per lui sei solo una grande sfigata!*
Un gruppo di ragazzi si spintona per entrare nell'aula assieme

a me: improvvisamente, dopo un attimo di compressione sulla porta, entrano tutti assieme e vedono la foto gigante attaccata alla lavagna.
Ma non è finita: dal soffitto penzolano tante piccole immagini di Lorenzo, ritagliate a forma di cuore. Vicino a lui è disegnato un fumetto, con la frase: *Lavinia, sei cosí vuota che mi fai pena.*
Lo sguardo man mano si offusca. Mi sono trattenuta fino a ora, ma ormai non ce la faccio piú. E piango.
Anche se non li vedo, sono sicura che i miei compagni si stanno dando di gomito, indicandomi.
Sento qualcuno che mi mette un braccio sulla spalla e la voce del preside: – Credo siano stati gli stessi che a settembre hanno allagato la scuola.
– Io invece non credo, – dice la voce di Martina, da non so dove.
– Che vuoi dire? – chiede il preside.
Martina non risponde.
Io continuo a piangere, piena di vergogna.
Mi sento come se fossi esposta in vetrina, nuda, con tutte le persone che passano e mi additano curiose.
– Mi scusi, mi lasci andare via, – dico. E ritorno sui miei passi, facendomi largo tra i compagni. Qualcuno mi tocca un braccio, una spalla; qualcun altro mi dice: «Coraggio».
Io sfilo davanti a tutti, di nuovo, a testa bassa, e mi costa una fatica insormontabile.
Poi esco, e subito dopo il cancello, dove c'è la mia bici, scorgo Francesca, ancora in lacrime. Mi guarda, ferma, con le braccia lungo i fianchi. E ora tutto mi appare chiaro.

Ci avviciniamo tutte e due, disperate, ognuna con le sue ragioni cucite addosso, tutte e due con vergogne diverse da portare in giro.
– Lavi... – sussurra Francesca, allungandomi una mano.
Io mi scanso, per non farmi neppure toccare da lei. – Per me sei morta.
– No, Lavi... no... – dice, tra i singhiozzi.
Ma io sono già lontana, oltre il cancello.
Oltre questa scuola degli orrori.
Oltre me.

FRANCESCA

Provo a rincorrerla, ma lei è piú veloce e non posso fare altro che guardarla allontanarsi, mentre io sono scossa dai singhiozzi per aver rovinato tutto.
Straziata.
Il cortile ora è vuoto, tutti i ragazzi sono dentro a commentare, credo.
Invece no. Non tutti, almeno.
– Ma che piangi?! – mi chiede Argentesi, stizzito. – Non era quello che volevi? Eri stata chiara quando mi hai chiesto di aiutarti a entrare, ieri. Non fare la lagnetta, ora.
Lo guardo nel suo vuoto, nella sua mancanza di autocritica, nel suo desiderio di distruggere piuttosto che costruire (ed è per questo che l'ho chiamato, ieri, perché ero spinta dallo stesso impellente desiderio) e mi stramaledico per quella telefonata.
Lo guardo come si potrebbe guardare una bestia che ha appena dilaniato un cucciolo.

Non ci sta. – Ma sí, vai. Sciacquati via, cretina! – mi urla Argentesi.
Vado verso la mia bici, la raccolgo ed esco anch'io dal cancello della scuola. Pochi passi e, dietro l'angolo, trovo Enea ad aspettarmi. Lo sguardo torvo, le mani in tasca, il corpo rigido. Sarà lui la mia coscienza, lo so. Per tanti motivi.
– Non dire nulla, ti prego, – dico, ancora tra i singhiozzi.
– Eh no, invece qualcosa almeno a te la dico, – risponde. – Ti ho chiamato, ti ho chiamato un sacco di volte. Avevo bisogno di te, di Lavinia, avevo bisogno delle mie amiche. Nessuna di voi mi ha prestato attenzione, tutte prese nella vostra lotta personale, come due gatti che soffiano. Non vi siete neppure accorte che io ormai sto sempre chiuso in casa, non vengo neppure piú ad atletica. E tu che fai, intanto?
Non singhiozzo, ma piango silenziosa, so di meritarmi tutto questo: ho deluso anche il mio migliore amico, non sono riuscita ad ascoltarlo. Ora confido solo nella sua spietatezza, che Enea affondi per bene il coltello, che mi faccia piú male di quello che già sento.
– Ti fai aiutare dal mio persecutore. Da colui che ha reso uno schifo la mia vita.
Tiro su col naso. – Enea... io...
Lui scuote la testa. – Sei una delusione, Franci. Non ti riconosco piú.
La mia risposta è una specie di lamento. Cerco di aggrapparmi a lui, ho improvvisamente bisogno di lui.
Ma lui si scansa, come se fossi appestata. – Hai voluto correre con le forbici in mano, – mi dice. – Poi però sei caduta e ti sei fatta male. Parecchio male. Ora sono tutti cavoli tuoi.

– Dài, Enea, ti prego... almeno tu...
So di risultare patetica, so di essere egoista, so anche di fargli un po' schifo, ma sono come azzerata, ridotta ai miei bisogni piú elementari. Mi inginocchio, non tanto per implorarlo, ma perché le gambe mi cedono. *Dio, fammi tornare indietro, fammi agire in modo migliore, ti prego.*
– Enea, mi dispiace... mi dispiace da morire... perdonami...
Lui mi getta un'ultima occhiata poi si gira, ma rimane fermo, senza andarsene ancora, tanto che spero in un suo ripensamento.
– Non dirò nulla al preside, tranquilla, – dice in un sussurro. – Lui crede che i responsabili siano gli stessi dell'allagamento. E non credo che sarà Argentesi a parlare, non è cosí scemo. Lavinia è troppo ferita per tirare fuori di nuovo la faccenda. Insomma, sei salva. Buon per te.
Se mi avesse sferrato un calcio in pancia forse avrei sentito meno male. Sapere di farla franca è ancora peggio che essere colta sul fatto. Baratterei la mia salvezza con le punizioni peggiori, se questo significasse riavere i miei amici.
Ne ho bisogno come dell'aria.
Enea se ne va e, per la seconda volta in questa mattina maledetta, guardo una delle persone cui voglio piú bene allontanarsi da me.
Forse per sempre.
Arranco verso casa, sentendomi un mostro.
Proprio come Pennywise, il mostro-pagliaccio di *It*. Ma questa volta non sto leggendo una storia con creature orrende. Il mostro sono io.

A mamma ho detto che non sono neppure entrata a scuola perché non mi sentivo bene. Lei mi ha risposto che probabilmente avevo preso freddo durante la corsa campestre di domenica e io ho annuito. Per fortuna non ha l'abitudine di parlare con Fabio dei miei risultati sportivi, altrimenti avrebbe saputo che io, a quella corsa, non sono mai andata: in realtà ero rinchiusa a scuola, dopo che Argentesi mi aveva procurato le chiavi per entrare.
Argentesi era rimasto sorpresissimo della mia telefonata e, alla fine, credo di avere guadagnato parecchi punti ai suoi occhi di teppistello. – Se c'è da creare casino, io ci sono sempre, – aveva risposto di fronte alla mia richiesta.
Dopo poco mi aveva richiamato dicendo che tutto era pronto per il mio piano. Quando lui, Pusiani e Labella avevano allagato la scuola, si erano premuniti di rubare un mazzo di chiavi dalla guardiola delle bidelle, farne le copie, e rimettere tutto a posto. Cosí, per l'atto vandalico successivo, non avrebbero dovuto usare il piede di porco. Bisogna ammetterlo: pur nell'illegalità, Argentesi ha un suo metodo.
Poi ero uscita di casa con lo zaino da corsa in spalla e ai miei avevo detto che mi sarebbe venuto a prendere il papà di Giada, una ragazza che fa atletica.
Ovviamente non era vero.
Dentro allo zaino, oltre alle scarpe chiodate che dovevano servire da copertura, c'erano affastellati tutti i cartelloni che avrei dovuto appendere a scuola, lavoro meticoloso della notte precedente.
Argentesi mi aspettava all'angolo e, mentre tutti andavano a messa e la via della scuola rimaneva deserta, noi entravamo

indisturbati dal cancello e dalla porta principale, senza scavalcare né forzare un bel niente.

Non pensavo sarebbe stato cosí facile.

Argentesi mi aveva guardato con un lampo di soddisfazione negli occhi, credendo di essere un gran figo. Non so cosa pensasse in quella sua testa criminale: magari di avere trovato una compagna con cui condividere atti vandalici? Non so, ma forse adesso crede che siamo legati da un doppio segreto, e che in un certo senso siamo uniti per l'eternità. A pensarci mi viene la nausea.

– Ma perché *gli* fai questo? – mi aveva chiesto Argentesi, leggendo i cartelli che stavo appendendo con lo scotch.

Ero troppo presa per correggerlo su quel «gli» improprio, invece del «le», e avevo risposto telegrafica: – Perché anche lei mi ha fatto del male.

Avevo annodato il filo di uno dei cuoricini spenzolanti dal soffitto, quelli che le avrebbero dato, ne ero certa, il colpo di grazia.

– Molto male, – avevo aggiunto.

Argentesi aveva fatto spallucce. Non è uno da farsi troppe domande sui motivi, a lui basta l'effetto.

Dopo aver tappezzato la scuola secondo il mio piano, avevo dato una rapida occhiata al risultato finale: mancava ancora qualcosa.

Anche Argentesi se n'era accorto.

– Ma come fa a sapere che dovrà andare fino alla sua aula? – mi aveva chiesto.

Giusto. Ecco cos'era: dovevo creare un percorso.

Cosí avevo tirato fuori dallo zaino qualche altro cartellone

bianco dove disegnare le frecce rosse che avrebbero condotto subdolamente Lavinia nell'Antro della Vergogna.
Ecco, ora era perfetto.
Argentesi e io eravamo usciti, chiudendoci tutto alle spalle. Una volta fuori dal cancello, avevamo preso due strade diverse, opposte, senza neppure salutarci. Non l'avevo neanche ringraziato: mi faceva strano dire «grazie» per qualcosa di cosí sporco. Io stessa ne ero consapevole e piú volte mi ero soffermata a riflettere su quello che stavo facendo, ma subito avevo scacciato il senso di colpa, ripensando a quello che aveva scatenato la mia reazione estrema.
«Abbasso Francesca Desiati». Questo doveva bastarmi.
Una volta a casa, mi ero fermata sul retro, avevo estratto le scarpe dallo zaino e le avevo trascinate per tutto il giardino, affondandole pure in una pozzanghera di fango, per rendere piú credibile la bugia che avrei raccontato ai miei. Per completare il tutto, io stessa mi ero distesa sull'erba e mi ero rotolata un paio di volte, a braccia alzate, per dare quell'aria vissuta ai vestiti da corsa. Proprio mentre mi rialzavo, avevo notato che il nostro vicino, il Giapponese, mi stava guardando divertito dalla sua finestra.
Mi ero tirata su in fretta e furia ed ero filata in casa.

Fingo per tre giorni di stare male, con crampi allo stomaco, mal di testa e nausea. Una bazzecola rispetto a quello che provo davvero.
Nessuno mi cerca, sono sola. Mi sembra quasi di vivere relegata sulla luna.
Non riesco piú a dormire, il rimorso di quello che ho fatto

a Lavinia mi sta perseguitando e non c'è scusa che tenga. Non piú almeno. Provocare dolore a qualcuno, apposta, è la peggiore punizione che ti possa toccare se hai un minimo di sensibilità, perché convivere con il disprezzo di sé è un tormento che ti perseguita a vita.
Tutte quelle pagine di letteratura sulla vendetta, tutti quei modi di dire sul fatto che deve essere servita fredda, che è dolce... tutte cavolate. La vendetta è dolorosa, e può rovinarti la vita.
Può farti anche perdere piú amici in un colpo solo.
Nessuno è ancora venuto ad accusarmi, nessuno ha parlato. E questo rende la mia punizione ancora piú insopportabile. Sí, spero quasi di essere scoperta, voglio essere punita per alleviare, almeno da fuori, la pesantezza dell'anima.
Sto meditando di stare a casa anche domani, ma comincia a essere azzardato: la mamma parla già di chiamare il dottore e farmi visitare.
Solo mia sorella Lucia, nella sua astiosità, ha capito che il mio malessere non è fisico e che sto fingendo. – A me non la dai a bere, – mi ha detto ieri sera, facendo capolino nella mia stanza. Ha detto solo cosí, con la sua arietta sprezzante, e poi se n'è andata.
Per ingannare il tempo e dare un po' di requie ai miei sensi di colpa, sto leggendo *Il corpo*, il racconto di Stephen King che mi ha consigliato Carla.
L'ho scaricato sul mio kindle ieri.
Immersa nella storia, sono attraversata da emozioni opposte: da una parte la sofferenza di pensare che quel racconto mi è stato suggerito dalla madre di Lavinia; dall'altra il piacere di

leggere una storia cosí forte, che parla di amicizie vere, quelle che nascono quando si è adolescenti.
Ben presto mi si stringe la gola, il petto si comprime e mi esce un singhiozzo, senza che io possa fermarlo. È un pianto silenzioso per me, per Lavinia, per Enea, per quello che non saremo piú. Piango perché leggo pagine che parlano di amicizie potenti, e io non sono stata capace di tenermi le persone accanto.
Sono infinitamente triste, è tutto ingiusto.
Io non avrò piú quelle sensazioni, non mi sentirò piú capita come mi capiva Lavinia, niente sarà piú come prima.
Quanto vorrei tornare bambina e non avere pensieri, problemi, tristezze! So di essere responsabile di quello che sto vivendo, almeno in grossa parte, ma non so proprio come uscirne, che soluzione trovare.
E poi piango anche per Enea, perché non ho saputo essere una buona amica neppure per lui. Perché l'ho lasciato solo, concentrata solo su me stessa e... sulla mia vendetta.
Mi alzo dal letto, vado alla finestra e la apro, bisognosa di aria fresca per schiarirmi la testa.
Non appena spalanco le ante, una sferzata di vento freddo mi colpisce il viso. «Che bello, – penso. – Che bello sarebbe volare via e non pensare piú a niente, se non a sopravvivere, giorno per giorno».
Chiudo gli occhi e assaporo quest'attimo di tregua. A ogni respiro, una nuvoletta di condensa.
– Fare freddo, ormai, eh?
Mi volto di scatto e vedo il Giapponese, affacciato anche lui alla finestra. Mi sta guardando e intanto sorride, con la sua

solita aria placida. Sembra sempre che non abbia niente da fare, se non... stendere. Difatti, accanto a lui c'è l'inseparabile bacinella piena di indumenti.
– Già, – dico a voce non troppo alta, per non richiamare l'attenzione di mia sorella nella stanza accanto.
Lui annuisce, ma è una specie di inchino, di saluto, di quelli che fanno gli orientali. Poi prende il primo capo bagnato e si prepara ad appenderlo sullo stendino.
Quello che mi sorprende è l'estrema cura che impiega: alza l'indumento, lo sbatte con delicatezza e lo osserva; lo adagia lentamente sullo stendino, poi aggancia prima una molletta e poi l'altra, tutte e due dello stesso colore; mentre osserva il risultato, si avvicina e liscia per bene il tessuto, fino a prenderne le estremità e tirarle verso il basso, come se volesse stirarlo.
L'operazione richiede qualche minuto e, anche se non sono un asso in matematica, moltiplico a mente i minuti per il numero approssimativo dei capi dentro la bacinella: ne risulta quasi un'ora.
Quasi un'ora per stendere una lavatrice. Mia mamma ne uscirebbe matta. A volte sclera per i tempi di cottura di una torta, figuriamoci metterci tutto questo tempo per il bucato!
– Ti piace proprio, stendere, eh? – domando piano, mentre lui ha appena afferrato un calzino.
– Come dice? – chiede lui.
Mi vergogno, perché io a lui ho dato del tu, mentre lui mi sta dando del lei, anche se sono molto piú giovane.
Mi schiarisco la gola. – Dico, – alzo un po' la voce, – che *le* piace proprio stendere.

– Oh, certo, – annuisce piú volte in quel suo modo buffo e gentile al tempo stesso.
Parla senza la erre. Cioè, ho letto da qualche parte che la erre non esiste proprio nell'alfabeto dei giapponesi, quindi viene sostituita con una specie di elle arrotata. Un po' come Titti di Gatto Silvestro. Fa un po' ridere, in effetti.
– A me piace fare tutto, a casa, – continua.
– Cioè, non le pesa fare nulla? – chiedo sorpresa.
– È casa mia, – dice tranquillo, come se fosse un'ovvietà. – È come prendermi cura di mia vita.
Non so perché, ma quella similitudine tra le sue cose e la sua vita mi commuove. Perché penso che uno come lui considera tutto importante, tutto degno di grande considerazione.
– È bello, – dico, semplicemente.
Lui mi fa uno dei suoi inchini con la testa, sempre sorridente, poi inizia a lisciare la calza come se fosse l'ala di una colomba. Sono affascinata dai suoi gesti, non riesco a rientrare nella mia stanza, sono incollata al davanzale, ormai dimentica che potrebbe sorprendermi qualcuno, tipo quell'impicciona di Lucia. Immagino già le sue parole petulanti: «Ma che fai?! Dài corda ai vicini?! Fatti i fatti tuoi, Franci, se no lo dico a mamma».
– Lavato tuoi vestiti? Domenica, io dire. Sí? – mi chiede a un certo punto, mentre infila la molletta sul filo.
Io non capisco, poi mi viene in mente che giorni fa, quando avevo messo in pratica il mio piano maledetto, il Giapponese mi aveva visto mentre mi rotolavo in giardino per far credere a papà e mamma che avevo corso la campestre.
Arrossisco, ma per fortuna lui non se ne accorge. Credo.
– Sí... certo.

Lui annuisce di nuovo e io sono sicura che ormai la nostra conversazione volga al termine. Faccio per tornare dentro, quando lui parla ancora.
– C'è racconto zen. Vuole sapere? – mi chiede.
– Un racconto zen?
Annuisce e intanto tende il tessuto di una maglietta davanti a sé.
– Be'... mi piacciono molto i racconti, – dico. – Soprattutto in questi giorni.
– Bene, allora io dire. Vuole?
– Certo, la prego.
– Allora, tanto tempo fa, in Cina, esserci due amici...
Mi parte una stretta allo stomaco. Cosí, naturale.
– ... uno bravo a suonare arpa, altro ad ascoltare. Quando uno suonare o cantare di montagne, altro dire: «Vedo montagna davanti a me». Quando uno suonare di ruscello, altro dire: «Odo acqua scorrere!»
Allargo le narici e cerco di trattenere l'emozione.
– Un giorno quello che ascolta sempre morire. Amico tagliare corde della sua arpa e non suonare mai piú. Segno di grande amicizia, vero?
Sto quasi impazzendo dalla voglia di piangere. Sapevo che queste storielle zen ti fregano, perché sono piccoli scrigni di verità, frecce che vanno a segno nel cuore.
– Grazie, – dico infine. Deglutisco per scacciare il magone.
– Ora... ora devo proprio andare.
Lui fa il suo ultimo inchino, ma questa volta smette di stendere e mi dedica tutta la sua attenzione. – A presto.
Entro in camera e mi richiudo la finestra alle spalle, dando

anche una bella tirata alle tende. Poi mi fiondo a letto, con la stessa voglia di piangere.
So già che non chiuderò occhio. Ma va bene cosí: è ora di godersi questa tristezza, attraversarla tutta e farne poi qualcosa.

– Sono stata io a mettere quei cartelloni a scuola, – dico tutto d'un fiato.
Il preside sgrana gli occhi, come se non avesse sentito bene.
– Che cosa?!
– Sono stata io, – ripeto.
Cambio posizione sulla sedia. Brucia.
– E perché l'avresti fatto? E come è successo? Chi ti ha aiutato? – mi sommerge di domande.
– L'ho fatto perché volevo fare del male a Lavinia Lupi, abbiamo litigato, – rispondo, calma. A volte dire le cose nel modo piú semplice è meno difficile di quel che si pensi.
– Sono entrata a scuola domenica, con un mazzo di chiavi duplicato.
– Chi te l'ha dato?
– Cesare Argentesi, – rispondo senza indugi.
– Cesare Argentesi?! – Il preside strabuzza gli occhi, tanto che temo quasi che gli caschino dalle orbite. – Ma che c'entri tu con Argentesi?
– Sapevo che poteva aiutarmi, – rispondo. Sembro a un quiz televisivo: a domanda, rispondo subito. Botta e risposta. A treno.
– Perché ne eri sicura?
– Perché a settembre per caso l'avevo scoperto entrare a scuola di notte e allagarla.

– Ma certo! – urla il preside. – Lui! Per forza doveva essere stato lui!
– Sí. Lui. Ma non avevo avuto il coraggio di denunciarlo –. Abbasso lo sguardo. – Sapevo... sapevo che è un tipo pericoloso.
Il preside annuisce, ma io sento il bisogno di confessare altro.
– Ce l'ha sempre avuta con Enea Coppi. Lo vessa da almeno tre anni. Lo chiama «nano di merda». Ha presente il cellulare di Enea che avete trovato dopo l'allagamento?
Il preside annuisce pensieroso.
– Ce l'ha messo Argentesi per farlo incolpare. Gliel'aveva rubato mesi prima.
Il preside si passa una mano sul viso, incredulo. – Sí, ricordo che siamo andati a casa di Coppi a chiedere spiegazioni –. Si torce le mani. Forse gli sto rovesciando addosso troppe verità tutte in un colpo. Si gratta il mento. – A lui penserò poi. Ma con te, ora, che faccio? Desiati, sei sempre stata brava... perché hai combinato questo, santiddio? Alla Lupi, poi? – Il preside continua a scuotere la testa incredulo. Prende la bottiglietta d'acqua che c'è sulla sua scrivania e ne beve un lungo sorso.
– Gliel'ho detto: ero ferita e arrabbiata.
– Non mi piace questa storia, ma se davvero sei stata tu, devo punirti, capisci?
Sembra quasi che gli abbia fatto uno sgarbo a confessarmi: ora si ritrova a gestire una faccenda difficile.
– Lo so. Sono qui apposta.
– Chiamerò tua madre.
– Certo.

– Poi Lavinia e i suoi genitori, per un confronto tutti assieme.
Faccio sí con la testa, anche se il pensiero mi fa morire. Ma va fatto, lo so.
– Tu stai qui. Provo a vedere se trovo tutti quanti.
– Okay.
Il preside esce e io rimango ad aspettare nel suo ufficio, come un condannato. Mi guardo attorno: ci sono tante scartoffie, moduli, circolari, la cartella del preside su una sedia; poi sullo scaffale ci sono libri, raccoglitori, coppe vinte dagli studenti, targhe. Sorrido. La scuola Parini ha sempre avuto una grande reputazione nelle gare studentesche. «Chissà se anche quest'anno riusciremo a portare a casa qualche premio» penso.
E sorrido. Finalmente un pensiero normale, dopo tanti giorni di arrovellamenti.
La porta si apre ed entra di nuovo il preside. – Stanno arrivando tutti, – mi dice.
– Bene.
Lui mi squadra come se ancora non si capacitasse della faccenda. – Come fai a essere cosí tranquilla? Mi sorprendi, Desiati.
Io alzo le spalle. – Ho voglia di mettere tutto a posto, tornare a essere io. Tutto qui.
Lui sospira. – Tutto qui.
Ci fissiamo per un attimo.
– Non sarà facile, adesso, lo sai? Al telefono, tua madre mi è sembrata la piú sconcertata di tutti. Non voleva crederci.
Chiudo gli occhi e immagino le sue parole sbigottite: «Chi? Francesca?! Ma sta scherzando, spero!»

Sospiro. – Dovrà farsene una ragione, perché io sono anche quella Francesca.
– Già. A volte si fanno delle sciocchezze, Desiati. Non vuol dire che tu sia diventata una persona cattiva. Lo sai, vero?
Gli sorrido. – Grazie, preside.
Sentiamo bussare alla porta.
– Avanti! – dice lui.
E il mio cuore fa *pluf*.
La porta si apre e compaiono mia madre, Lavinia e Carla. Quando Lavinia mi vede, arrossisce, ma non mi guarda in faccia.
– Ma che succede?! – dice mia madre, sorpresa. – Franci, vuoi spiegarmi?!
Carla pare ancora piú confusa di lei, segno che Lavinia non aveva detto proprio nulla.
– Signor preside? – chiede Carla, per avere spiegazioni.
Il preside appare sempre piú stanco. Mi fa una tenerezza assurda, perché credo di avergli tolto una decina di anni di vita. Lui, che è un tipo calmo, non è programmato per gestire impicci di questo genere.
– Vi ho chiamato perché Francesca, – mi indica, – ha confessato di essere stata lei a tappezzare la scuola con i cartelloni su Lavinia.
– FRANCESCA?! – urla mia madre.
Carla invece si limita a guardarmi, stranita.
E Lavinia non dice nulla.
– Ma cosa sta dicendo?! – chiede mia madre. Non so bene a chi lo domanda, se a me o al preside.
– È vero, – dico infine. – Lavinia e io ci eravamo allontanate, avevamo litigato. Volevo punirla.

– Ma... – Mia madre si siede e rimane a guardarsi la punta delle scarpe per due minuti buoni. Il silenzio è opprimente, nessuno dice nulla, tutti troppo rispettosi per lo strazio che deve provare: sua figlia, il sangue del suo sangue, è la stessa persona che ha compiuto un atto vandalico. E anch'io non saprei spiegarle com'è potuto succedere. Ma è successo. Questa è la semplice verità.
– Non so... che dire... – balbetta mia madre. Poi si volta verso Carla e Lavinia e rimane con la bocca semiaperta, come se una richiesta di perdono le morisse in gola.
Carla stringe le labbra e Lavinia continua a non parlare e a tenere gli occhi fissi a terra.
Io osservo quei visi spiazzati e sono costernata di avere provocato tutto questo dolore, questo sconcerto, ma quanto è successo fa parte di me, della mia vita e, perché possa accettarlo io, bisogna che lo accettino anche gli altri.
Francesca è anche questa. Un mostro?
Non so. Ma so il motivo per cui l'ho fatto, e non è un motivo «da mostro».
– Signora Desiati? – dice il preside, mettendo una mano sulla spalla di mia madre.
Lei alza la testa e ha l'espressione piú seria che le abbia mai visto in tredici anni.
– Lei capirà che ora devo sospendere Francesca da scuola, – continua il preside, in un sussurro.
Mamma annuisce con un piccolo cenno.
Io ora li guardo tutti a turno: mamma che scuote sempre la testa, Carla che spera che da un momento all'altro le dicano che abbiamo scherzato, e Lavinia che, ostinata, tiene gli occhi bassi.

– Mi dispiace, – dico infine. – Non sono fiera di me, se potessi tornare indietro cercherei di avere piú autocontrollo –. Carla mi ascolta con pena. – Quindi merito la punizione del preside e vi chiedo sinceramente di perdonarmi.
Rimaniamo tutti in silenzio, a guardarci a turno, imbarazzati, mesti, amareggiati.
– Bene, – dice infine il preside, andando alla scrivania. – Allora la prego, signora Desiati, di firmare questo foglio per la sosp...
– Aspettate un attimo.
È Lavinia a parlare. Tutti ci voltiamo verso di lei, come se fosse una sordomuta che ha riacquistato all'improvviso l'uso della voce.
– Non è giusto che Francesca venga punita, – dice.
Il preside si abbandona sulla sedia della scrivania, stremato.
– Santiddio, Lupi, cosa stai dicendo?
– Se Francesca ha agito cosí, è perché anch'io ho le mie responsabilità.
– Spiegati, Lupi, – sospira il preside. Comincia a non capirci piú nulla, è certo.
– Ero convinta che quest'estate lei mi avesse fatto uno sgarbo... questione di ragazzi, – arrossisce.
– Quel Lorenzo di cui parlavano i cartelloni? – chiede il preside.
Lavinia annuisce. – Comunque non era vero. Sono tornata a scuola che ero cambiata, dura. Sospettosa. È stato sempre peggio e pian piano ho isolato Francesca, l'ho emarginata apposta. Fino a dire cose molto spiacevoli che lei... lei ha scoperto per sbaglio. È stato solo dopo quell'episodio che

Francesca ha tappezzato la scuola, quindi... quindi anch'io merito di essere sospesa.
Gelo. Questa stanza sta diventando una ghiacciaia.
Il preside continua a stropicciarsi la faccia e se potesse comincerebbe pure a strapparsi ciocche di capelli.
Carla si avvicina a Lavinia e le mette una mano sulla spalla.
– Mi spiace, Carla, – dice Lavinia alla madre, senza guardarla in volto.
Il preside ora sta fissando il soffitto del suo ufficio: forse spera di trovare una soluzione scritta proprio lí sopra? Forse. Fatto sta che dopo un po' si allunga sulla scrivania, le mani giunte.
– Bene, – dice. – Considerando che la scuola non ha subíto danni; considerando che nel precedente episodio dell'allagamento c'entrava Argentesi; e considerando che non posso sospendere tutte queste persone, altrimenti mi si spopolano le classi... direi che voi due, Desiati e Lupi... – Lavinia e io lo fissiamo col fiato sospeso. – ... prenderete una bella nota di comportamento.
Tutto qui?
– Argentesi, invece, farà parte di un altro discorso, che sbrigherò io, – dice. – Una sospensione non gliela leva nessuno, – conclude a voce piú bassa. Poi si alza, e sembra quasi dolorante in tutto il corpo. – Quindi, se non ci sono altre confessioni da fare...
Lavinia e io scuotiamo la testa all'unisono, proprio come facevamo un tempo, quando eravamo Lavinia-e-Francesca, la versione aggiornata di Qui, Quo e Qua.
Mia madre e Carla si alzano a loro volta. Anche loro sembrano parecchio stanche.

– Allora possiamo salutarci qui, – conclude il preside. – Ci vediamo domani, ragazze, – allunga una mano che noi stringiamo a turno. – E mi raccomando: se ci fosse qualche altro problema, anche in futuro, venite *prima* da me. D'accordo?
Annuiamo.
– Grazie, – dico io.
– Grazie, – dice Lavi.
Una volta uscite tutte e quattro dall'ufficio, rimaniamo per un attimo sole con i nostri animi in tumulto. Carla tossicchia, mamma si soffia il naso, io cerco Lavinia, ma lei se ne sta appartata, le spalle attaccate al muro.
– Be'... arrivederci, – dice mia madre, facendo un sorriso tirato. E mi mette un braccio sulle spalle.
– Sí, – dice Carla. – A presto.
Tutte e quattro andiamo verso l'uscita della scuola.
Poi, io e mamma giriamo verso sinistra, mentre Lavinia e Carla proseguono a destra.

La verità la riconosci sempre,
perché quando ti ci tagli, o ci tagli qualcuno,
c'è sempre spargimento di sangue.
Stephen King

FRANCESCA

Ed è arrivato Natale.
Spero nevichi presto, che imbianchi la città, le case, la nostra scuola, il campo di atletica. Voglio vedere tutto bianco e pulito. Voglio che la neve, poi, pian piano si sciolga, con il primo sole di marzo. Ma solo in quel momento: fino ad allora voglio vivere in un mondo ovattato e lieve.
Io e Lavinia ci salutiamo, ma niente di piú, per ora. Lo capisco, perché certi fiumi hanno bisogno del loro tempo per essere attraversati. E il nostro era bello profondo.
Ho conosciuto meglio il vicino, il Giapponese. Si chiama Hidetoshi Kitano. Lavora in una grande multinazionale, e ha preso casa in periferia perché preferiva abitare in un posto tranquillo.
Ci tenevo a conoscerlo, è un tipo a posto. E, in fin dei conti, anche se non direttamente, mi ha aiutato. Lui, il suo stendino e le parabole zen. È incredibile come alle volte le parole di

uno sconosciuto ti possano segnare per sempre. Tra un po' di tempo il signor Kitano sarà raggiunto dalla moglie e dai suoi due figli, che hanno circa la mia età.
– Tu piacere loro, sicuro io! – mi ha detto, annuendo di continuo nel suo modo buffo. Sembra una di quelle bamboline con la testa ciondolante che si attaccano sul cruscotto delle auto.
L'altro giorno ci ha invitato tutti e quattro a prendere il tè a casa sua.
Come era ovvio, Lucia ha subito declinato con aria schifata.
– Il tè dal Giappo?! Ma fatemi il piacere, – ha detto, sprezzante. E si è seduta sul divano, con le boccette di smalto davanti a sé.
– Non si chiama «Giappo»: è il *signor* Kitano, – ho ribattuto, offesa.
– È il signor Kitano, – mi ha fatto il verso lei. – Chiamalo come ti pare, ma io il tè da lui non lo prendo.
Ed è tornata ai suoi smalti.
Io, mamma e papà invece siamo andati, ed è stato molto divertente e interessante. Ci ha raccontato un sacco di cose sulla cerimonia del tè, che di solito è appannaggio delle donne giapponesi. Ma che il signor Kitano fosse un tipo bizzarro si sapeva già.
Mamma ne ha approfittato per chiedergli consigli sull'uso dell'ammorbidente e su come stendere perfettamente il bucato, come fa lui: è convinta che dietro ogni gesto del nostro vicino ci sia qualche significato sacro.
– Per esempio, – ha domandato, – perché lei stende sempre di sera? È una questione, che so, di congiunzione astrale? Influsso della luna? Dèi benevoli?

Il signor Kitano ha scosso la testa. – No, no: io arrivare a casa dal lavoro di sera. Essere unico momento giusto per me.
Mamma è arrossita, mentre io e papà ci siamo scambiati un'occhiata eloquente che recitava: «Non azzardarti a ridere».
In compenso, mamma gli ha rivelato alcune sue ricette. Strano per una come lei, cosí gelosa. Evidentemente Kitano le sta simpatico.
Con mamma e papà le cose vanno meglio. Subito dopo la mia confessione, ho dovuto fare una lunga chiacchierata con loro, spiegando l'intera faccenda per filo e per segno. Non ho capito se erano piú sconvolti o piú contenti che alla fine avessi raccontato tutto.
– Non era facile farlo, – mi ha detto papà.
– Cosa? Confessare o entrare a scuola? – ha chiesto mamma con una punta di stizza nella voce.
– Confessare, ovviamente...
In ogni caso hanno dovuto fare i genitori e mi hanno tolto il cellulare per un mese.
Poco male. Sarebbe stato peggio se mi avessero proibito di leggere o di andare ad atletica.
Ogni tanto, quando dico che esco, tipo quando vado ad allenarmi oppure a farmi un giro in bici, mi fanno mille domande e mi osservano come se fossi un carcerato in libertà vigilata. Ci manca solo che debba timbrare il cartellino di uscita ed entrata.
Io li lascio fare, tanto so che pian piano passerà.
Lucia invece non ha perso occasione per dimostrarmi tutta la sua sensibilità. – Quelle là ti avevano escluso perché sei troppo stramba.

Oddio, a modo suo ha cercato di aiutarmi, perché subito dopo ha aggiunto il suo «consiglione». – Perché non prendi in considerazione di conformarti un po' di piú alle altre? – mi ha detto, seria.
A me è scappato da ridere. – Cioè?
Ha dato un pestone a terra, infastidita che dovesse pure farmi un elenco di cose per lei ovvie. – Cioè, vestirti con colori piú allegri, curarti i capelli, metterti lo smalto, uscire con i ragazzi invece di leggere sempre, segregata in casa... Cose cosí!
– Ma anch'io esco! Quando vado ad atletica, per esempio.
Lucia ha scosso la testa, sicura che io sia una battaglia persa.

Un giorno, non molto dopo la mia confessione a scuola, sono uscita per andare da Enea. Non avendo il cellulare, ho dovuto presentarmi a casa sua senza chiamarlo. È rimasto spiazzato.
– Posso entrare? – gli ho chiesto.
Siamo andati nella sua stanza e, davanti a un bicchiere di Coca, gli ho raccontato tutto. Man mano che parlavo, si è ammorbidito e rilassato. Ha sussultato quando gli ho detto della denuncia di Argentesi.
– Ti rendi conto che te la farà pagare?
Io ho fatto spallucce. – È sorvegliato speciale dai genitori e dal preside. E anche se fosse, in qualche modo me la caverò.
Poi mi sono avvicinata a lui e, di slancio, l'ho abbracciato stretto. Siamo rimasti cosí per un bel pezzo, tanto nessuno ci avrebbe visti e presi in giro.
– Scusa, – gli ho sussurrato all'orecchio.
Lui non ha risposto nulla, ha semplicemente stretto di piú l'abbraccio.

Solo quando ho rischiato di perderlo del tutto mi sono resa conto di che amico pazzesco sia Enea. Cosí, dopo tanta latitanza dalla sua vita, volevo trovare il modo di esserci davvero, di fare qualcosa di *concreto* per lui.
Tipo, escogitare il suo riscatto agli occhi di tutti.

È arrivato marzo.
Lavinia e io abbiamo iniziato a sorriderci, parlarci ogni tanto. Cose poco profonde e impegnative, ma intanto ci parliamo. A volte capita che qualcuno, per esempio un compagno o un professore, dica qualcosa che colpisce entrambe, magari che ci ricorda un episodio nostro, e allora *tac!*, scatta la magia di un tempo: ci cerchiamo con lo sguardo e ci sorridiamo.
Nessuna delle due però osa ancora affrontare il *vero* argomento.
Oggi è arrivata in classe la circolare in cui venivano segnalati gli alunni da convocare alle gare della scuola, tra cui il famoso Miglio del Parini, gara di corsa sui milleseicento metri. Sono passata distrattamente vicino alla cattedra, e un nome ha attirato subito la mia attenzione. Non potevo credere che ci fosse anche lui! «È arrivato il giorno» mi sono detta.
Agitata ed emozionata, all'intervallo sono filata da Enea e gli ho spiegato cos'avevo in mente.
– Ma sei pazza?
– Non devi vincere *in assoluto*, – ho detto. – Devi vincere su di *lui*.
– Appunto. Ha le gambe che sono il doppio delle mie.
– Ma tu hai il turbo, – ho detto.

– Io sono una schiappa sulle lunghe distanze, – ha detto, alzando la voce.
– Non le hai mai provate in gara!
Ci ha pensato un attimo, poi ha scosso la testa, deciso. – È una follia.
– Non è vero. Parliamone con Fabio, almeno.
– È un suicidio, ti dico.
– Non morirà nessuno, hai solo da guadagnarci. E poi manca ancora un sacco di tempo.
– Un sacco? Un mese scarso! – Enea si è morso un labbro, nervoso. – Ma come faccio?
– Ti aiuto io. Fidati.
Ma poi mi è venuto in mente che, se si è in tanti, si può lavorare ancora meglio. È piú facile. C'è piú motivazione. È come se la fatica fosse spartita tra tutti.
Cosí, all'uscita da scuola, forte di questa idea che poi è diventata la scusa per avvicinarla, mi sono fatta trovare vicino alla bicicletta di Lavinia. Quando lei mi ha visto ha rallentato, poi mi ha raggiunto.
– Ciao, – le ho detto.
– Ciao.
– Ho una proposta da farti. In realtà è una richiesta di aiuto.
Lei è sembrata sorpresa.
– Non per me, tranquilla, – ho aggiunto. – Per Enea.
– Enea?
– Già. Ha bisogno di noi e credo che... insomma... un po' glielo dobbiamo.
Lavinia mi ha fissato dritto negli occhi. – Okay, dimmi di che si tratta.

Ed eccoci qui, al campo di atletica. Io, Lavinia ed Enea, con Fabio che ci dà le tabelle di allenamento, sorpreso e divertito da questo nuovo trittico di atleti pronti ad affrontare il miglio in pista.

– Ben ritrovata, – dice a Lavinia, allungandole la mano.

Lei sorride, schermendosi un po'.

– Comunque ero sicuro che il tuo sarebbe stato solo un arrivederci e non un addio, – conclude lui. E le fa l'occhiolino.

– Su, ora a scaldarvi. Fate pure il giro lungo, fuori dal campo, – continua. – Poi iniziamo a lavorare.

Usciamo dal cancello e ci mettiamo a correre. All'inizio stiamo tutti e tre in silenzio, un po' frastornati da questa nuova situazione. Incontriamo il gruppo delle cheerleader che arriva per allenarsi: c'è anche Martina. Lavinia le saluta cordiale, ma loro restituiscono solo uno sguardo sbalordito. Martina invece ci saluta tutti, anche se a denti stretti.

Forse in tutta questa nostra storia che ha attraversato la terza media la piú sfortunata è stata lei, perché è rimasta sempre uguale: non ha riflettuto, non ha fatto nessun cambiamento. Un fermo immagine di se stessa.

Noi invece siamo cambiati.

– Le hai seccate, – dice Enea, mentre ci allontaniamo.

– Già, – ride Lavinia.

Continuiamo a correre leggeri. Poi rientriamo al campo per iniziare il lavoro vero, il primo gradino per il nostro obiettivo.

Cosí, io che di solito faccio salto in lungo, mi ritrovo a girare in pista come un criceto; Lavinia, specialista della velocità, deve fare i conti con una diversa concezione delle distanze.

Ma per amicizia si fa anche questo. Mai come adesso adoro i cambiamenti.
Oggi Fabio ci fa fare un po' di ripetute sui quattrocento metri e poi ci cronometra sui quattro giri di pista. I ragazzi attorno ci guardano incuriositi: tutti sanno quali sono le nostre vere specialità.
C'è anche Lorenzo. Credo che le voci di quello che è successo mesi fa siano arrivate pure a lui. Per fortuna è un ragazzo intelligente e ha avuto l'accortezza di non commentarle.
Lorenzo è un tipo okay, ora capisco perché a Lavinia è sempre piaciuto tanto.
Corriamo piú veloci che possiamo, ognuno lepre dell'altro, le gambe che quasi si fondono con la pista rossa. La fatica si fa sentire e l'acido lattico bussa ai muscoli, ma ci divertiamo, cavolo se ci divertiamo! Tutti uniti e uguali in qualcosa di nuovo, un'impresa nostra. Allenarsi insieme è soprattutto questo: aiutarsi a vicenda. E ora l'obiettivo di Enea è troppo importante. In fin dei conti non manca poi molto alla gara.
– Hai un gran margine di miglioramento, – gli dice infine Fabio. – Stai crescendo, anche se tu non te ne accorgi. Stai diventando piú potente. Non dico che puoi vincere, ma fare bene sí.
Usciamo dal campo con Enea che comincia a prendere fiducia in se stesso. Lavinia e io ci scambiamo uno sguardo eloquente. Stiamo pensando tutte e due la stessa cosa: bello vederlo cosí.

Ci siamo allenati per venti giorni, tre volte a settimana. Piú di cosí non potevamo fare, ma Fabio dice che Enea è pronto. Anche se lui non ne è molto sicuro.

– Saremo lí con te anche noi, – gli dico, alla fine dell'ultimo allenamento. Dopodomani ci sarà il Miglio del Parini, la stessa gara a cui è stato iscritto Cesare Argentesi. Ebbene sí, è questa la sfida: batterlo davanti a tutti.
– E se invece mi batte lui? *Anche* lí?
– Impossibile, – dice sicura Lavinia.
Enea non pare molto convinto.
Io gli prendo una mano. – Ehi, sei pronto. L'hai sentito Fabio, no? Dobbiamo fidarci di lui: fra tutti e tre è quello che ne capisce di piú.
Enea ci pensa su. – Okay... – sospira. – Comunque... volevo dirvi... grazie, ragazze. Davvero.
E ci regala un sorriso disarmante, che restituiamo abbracciando forte il nostro amico.
Forse siamo noi che dobbiamo ringraziare lui, perché queste tre settimane hanno fatto bene a tutti quanti, a chi per un motivo e a chi per un altro.
Enea se ne va verso casa, agitando ogni tanto la mano.
Poi Lavinia si volta verso di me. – Ti va di venire da me?
– Quando?! – chiedo io, sorpresa.
Lei sorride. – Ora. Devo farti vedere una cosa.
– Ma... ma sei sicura?
Per tutta risposta Lavinia monta in sella alla bici. – Andiamo.
Arriviamo a casa sua e subito mi viene incontro Carla. Io mi irrigidisco un po', non so come comportarmi, e per fortuna ci pensa lei nella sua infinita delicatezza. Mi abbraccia. Come se ci fossimo viste ieri.
– Era ora che passassi di qui! – mi dice.

– Grazie, – sussurro.
Poi si stacca e mi guarda. – Allora? Hai finito *Il corpo*?
Ho annuito. – Un po' triste alla fine, – ho detto. – Ma mi è piaciuto moltissimo.
– I libri di Stephen King sono sempre nostalgici, – mi dice. – Forse è per questo che ci rimangono cosí radicati dentro.
– Già, – rispondo. – Un po' come certe amicizie...
Ci sorridiamo.
Anche Matilde mi abbraccia stretta: lei non si è neppure resa conto di tutto il tempo che abbiamo trascorso senza vederci. I bambini sono fantastici anche per questo.
Poi Lavinia mi porta nella sua stanza. – Devo mostrarti una cosa, – mi dice, emozionata.
Le viene da ridere e mi contagia. Non so ancora di che si tratti, ma mentre chiama Byron io rido già come una scema.
– Ma cos'è? – le chiedo.
– Vedrai! Tieniti pronta, eh! – dice lei, tra un accesso di risa e l'altro.
Prende in braccio il peloso e lo posa vicino al letto. Byron la osserva attento. La serietà di quel cane mi fa ancora piú ridere.
– Dài, Lavi, sto morendo, – dico, con le lacrime agli occhi.
Non so perché ma rido, ridiamo, ci stiamo sbellicando tutte e due, mentre Byron rimane impassibile e ogni tanto ci lecca a turno una mano.
Lavinia cerca di darsi un contegno, raddrizza la schiena piegata dalle risate, poi chiude un occhio e alza un braccio verso Byron. Lui si fa di nuovo attento, coda ritta in alto. Lei mette indice e pollice a elle, poi dice: – *Bang!*
In un attimo Byron piega una delle zampine posteriori e si

adagia su di essa, sempre di piú, fino ad appoggiare tutto il fianco a terra. Immobile.
Byron fa il morto.
– Non ci posso credereee!! – urlo, battendo le mani. – Ancora, ancora! Ti prego!
Ridiamo tutte e due come pazze, ci buttiamo a terra, mentre Byron si alza e ci guarda con la sua aria da cane. Io e Lavinia ci abbracciamo continuando a ridere, e in quel momento so per certo che la Francesca e la Lavinia di un tempo sono ancora qui.
Io e lei ci siamo perse, ci siamo odiate e poi ritrovate. Lei farà sempre parte di me, sarà sempre la persona che mi conoscerà meglio, in tutte le mie sfaccettature, belle e brutte. Francesca e Lavinia formeranno sempre un Uno, nonostante il tempo.
Un po' come i ragazzi de *Il corpo*.

Sono tutti schierati sulla linea di partenza. Sono tanti, circa una ventina di ragazzi. Forse anche trenta.
Si sente odore di crema canforata.
La giornata è calda, quindi ho consigliato a Enea di bere tanto prima della gara. Ora lo guardo, piccolo uomo in mezzo a fisici alti e grossi, e un nodo mi stringe la gola.
Vorrei aiutarlo piú di quel che ho già fatto allenandomi con lui nelle settimane precedenti, ma so che ora deve volare da solo.
Argentesi gli si è piazzato proprio accanto. Ha una faccia divertita e minacciosa allo stesso tempo. Ha voglia di umiliarlo, glielo si legge in faccia.
– Ma quando danno lo start? – mugola Lavinia, impaziente.

Mentre gli altri ragazzi muovono ancora le gambe, Enea si è già messo in posizione, il busto leggermente inclinato in avanti, il dito appoggiato sul cronometro dell'orologio: boccone troppo ghiotto per un farabutto come Argentesi.
– Ehi, nano di merda, stai aspettando qualcuno? – E scoppia a ridere.
Vorrei alzarmi, raggiungerli e dirgli qualcosa, ma Enea sembra sordo alle sue invettive e guarda fisso lo starter.
Non l'ho mai visto cosí concentrato, cavolo.
– Ai posti!
Tutti i ragazzi imitano Enea e si mettono in posizione.
Lavinia mi stringe la mano. Siamo sedute in bella vista sulle tribune, proprio sopra la linea di partenza.
Sparo.
Partono tutti a bomba, soprattutto Argentesi, che schizza subito avanti guidando gli altri ragazzi, che man mano scorrono in prima corsia, uno in fila all'altro.
Enea è in sesta posizione, ma tiene. Corre sciolto, il ritmo non gli pesa. Alla fine del primo giro Argentesi è ancora in testa, seguito da un gruppetto di due ragazzi e, un po' distante, da un altro di tre, tra cui Enea.
Quando passano a concludere il giro, io e Lavinia ci alziamo e ci sgoliamo: – Vai Eneaaa!!
Durante il secondo giro, i giochi rimangono pressoché uguali, tranne per i ragazzi rimasti al di fuori dei due gruppi principali: il distacco si fa sempre piú importante.
Passano sotto di noi e scrutiamo i visi: Argentesi sembra accusare un po' il ritmo che lui stesso ha inflitto, i due ragazzi che ha alle calcagna si fanno sempre piú sotto, il gruppetto

con Enea segue tranquillo. Ma c'è un fatto significativo: Enea sale in quarta posizione.

– Bravooo! Cosí!!! – urliamo io e Lavinia in stereofonia. – Abbassa le spalle, bravo!

Terzo giro: è quello piú lento e sofferto. La stanchezza comincia a farsi sentire per tutti. Enea tiene, seguendo alla lettera i consigli di Fabio. «Durante il terzo giro avrai voglia di mollare, – gli aveva detto. – Ecco: è l'unica cosa che non devi fare. Anzi, inizia ad accelerare. Se non hai spinto troppo nei primi due giri, avrai ancora benzina per riuscirci».

E cosí sta facendo. Enea sta accelerando, santo cielo.

– Spingiii!! – gli urlo, alla fine del terzo giro.

Vedo che Argentesi si volta un po' per controllare gli inseguitori. Enea gli galoppa dietro e lui cerca di aumentare il ritmo. Invano.

Il quarto e ultimo giro è da infarto.

Mentre il gruppo piú lento è stato quasi doppiato, i sei ragazzi al comando sono sempre piú accorpati. A un quarto di giro i primi due inseguitori risucchiano Argentesi, che ora si trova in terza posizione, giusto davanti a Enea. Comincia a correre scomposto, agita la testa, continua a voltarsi. Enea, invece, mantiene la falcata tranquilla, anche se due delle sue equivalgono a una di Argentesi.

Enea corre in frequenza, petto in avanti. Ma è sciolto, naturale, armonico. Il gesto di Argentesi è forzato, rigido, artificioso.

A metà dell'ultimo giro sono quasi appaiati, Enea sull'esterno.

«Ora, attacca!» dico tra me.

Sembra che Enea mi abbia sentito e improvvisamente mette il turbo: a duecento metri dal traguardo si sposta definitivamente sull'esterno della prima corsia e supera un incredulo Argentesi che, da vero farabutto, cerca di sgomitarlo; ma Enea allarga ancora un po' e raggiunge il secondo concorrente. Mancano solo cento metri, la velocità aumenta ancora. Argentesi cerca un ultimo disperato attacco, muove talmente tanto le braccia che sembra impugni due racchette. Enea è sulla stessa linea del secondo concorrente, Argentesi sempre dietro.

– Vai Eneaaa! – urliamo io e Lavinia all'unisono, il cuore in gola, le mani sudate. Ci alziamo in piedi e saltiamo sul posto.

– Vaiii!!!

Enea si allunga negli ultimi dieci metri e taglia il traguardo: è secondo!

Argentesi incespica sui suoi stessi passi e cade. Si rialza: è quarto.

Chi se ne frega della classifica. Quello che volevamo era che Enea battesse Argentesi!

– Sííí!!! – Io e Lavinia ci abbracciamo, emozionate e stremate. Scendiamo veloci dalle tribune e corriamo incontro al nostro amico: ci viene quasi da piangere per la felicità.

Ci abbracciamo tutti stretti.

– Ahia! Mi strozzate, ragazze! – protesta Enea, ancora senza fiato. Ma poi ride e piange al tempo stesso. – Cazzo se sono felice, – sussurra. Si stacca da noi e ci guarda, in silenzio. – Vi voglio bene, – dice infine.

Rimaniamo lí, a guardarci come tre scemi, con le lacrime agli occhi. Questa volta di gioia, di condivisione totale.

Intanto ci raggiunge la voce di Argentesi, disteso a terra, che impreca contro un'improbabile scarpa allacciata male.
Enea non si lascia sfuggire l'occasione: c'è tanta gente lí attorno, a guardare, a sentire. Del resto, i treni vanno presi quando passano, no?
Si avvicina e attende che Argentesi alzi lo sguardo. – Io sarò pure un nano di merda, – dice a voce abbastanza alta da far voltare tutti i presenti. – Ma con i pantaloncini addosso non c'è storia: vinco io, bello.
Lo amo. È fantastico.
Non che cambierà qualcosa, con Argentesi. Sono cosciente che non si sistemerà tutto come un cubo di Rubik: ogni faccia, il suo colore.
No, non va cosí.
Ma di sicuro adesso non ci saranno solo Argentesi-Golia ed Enea-Davide. Da adesso ci sarà Argentesi da una parte, sí, e dall'altra un gruppetto un po' piú zavorrato che farà fronte a lui e alla sua prepotenza.
Forse Argentesi proverà ancora a entrare a gamba tesa nella vita di Enea. Magari anche nella mia, visto che dopo la confessione sono balzata in cima alla sua classifica delle persone da odiare. Ma *noi* ora siamo un po' piú preparati.
Ci siamo fatti male, ma siamo cresciuti.
E non è poco.

Indice

Finito di stampare nel mese di settembre 2014
per conto delle Edizioni EL
presso Grafica Veneta S.p.A., Trebaseleghe (Pd)